검은 설탕이 녹는 동안

검은 설탕이 녹는 동안

전경린

장편소설

문학동네

검은 설탕이 녹는 동안

여름방학 7
수련, 물위의 방 26
망각의 걸상 43
스무 살을 삶으로 끌고 가지는 마라 151
밤의 희고 푸른 얼굴 178
시간은 흔적을 남길까요? 191
해설—백지연—감각의 여행 207
작가의 말 219

여름방학

그 일은 꽹과리 소리로부터 시작된다. 중앙시장의 풍물가게다. 6월 중순. 아직 장마가 시작되기 전이었다. 나는 무엇을 해야 할지 몰랐고, 무엇을 하고 싶은지도 몰랐고, 이 다음에 무엇이 되고 싶은지도 몰랐던 스무 살 여자애였다. 세상은 텅 비어 있었고 무엇을 해도 심심했고 아무것도 긍정할 수 없었다. 다만 아주 막연히 어딘가로 가고 싶었다.

아침이면 늘 같은 자리에서 눈을 떴지만, 모든 방은 섬으로 떠가는 뗏목 같아서, 나는 밤새 물위에서처럼 노를 저었다. 말하자면 나는 아직 알 속에서 살고 있는 듯 이 세계에 대해 막연하고 어슴푸레하게, 하나의 추상으로서 둥둥 떠 있었다. 제 속의 노른자위를 파먹으며 한 마리 새가 되어가는 흰자위처럼. 아침에 눈을 뜨면 밤새 이마를 딛고 지나간 몇 개의 젖은 언어가 비 온 뒷날의 꽃잎처럼 가장자리가 찢긴 채 베갯머리에 흩어져 있었다. 극광, 방랑, 실존, 소통, 환영, 검은 사탕, 초월, 왼손잡이, 나르시시즘, 차라투스트라……

내 이름은 우수련. 그때나 지금이나, 미래의 어느 때나 여전히 나의 이름이 우수련인 것은 조금 이상하기도 하고 다행이기도 하다. 이렇게도 평면적으로 생겨먹었고, 가슴은 종이처럼 차갑고 얇기만 한데, 내 피부의 겹 속에 이십 년이나 지난 기억들이 재어져 있고 우수련이라는 이름 아래 그처럼 긴긴 추억과 망각의 주석이 존재하는 것이다.

한가로울 때, 오랜만에 맑은 머리와 바른 자세로 잠깐 삶을 쉬게 될 때, 누구나 그렇듯이 삶이 꿈속 같고 나 자신이 존재라기보다는 본질인 것처럼 무화되는 것을 느낀다. 울음을 그치고 허무로 돌아가듯이…… 스무 살이든, 마흔 살이든, 일흔 살이든 그것은 시간이 아니라 오히려 어떤 지점인 것 같다. 떨림과 어긋남과 차이…… 그 속에서 우리의 생은 LP판 속의 가수처럼 노래한다. 정밀한 트랙 위에 금을 그으며 실제로는 어디로도 가지 않는다. 봉인된 지도 같은 손금 속에서 스스로를 감거나 푸는 것이다. 서서히, 혹은 갑작스럽게. 정신적으로 신경증적으로, 그리고 물질적으로 낡아가며, 시간과 기억의 불협화음과 망각과 실종의 허방 사이에서 간혹 날카로운 스크래치를 일으키며…… 그러니 삶이란 우리를 어느 다른 곳으로 데려가는 것이 아니라, 퇴적층의 무늬를 만들며 점점 더 깊은 수렁으로 운반하는 것이 아닐까……

*

성재와 그의 선배는 꽹과리와 장구와 북을 고르고 있었다. 장구들의 양편에 개가죽과 양가죽 채편을 대기로 하고 상모와 미투리 다섯 쌍씩을 주문했다. 이제 몇 개의 꽹과리들을 좀 요란하다 싶게 두들기며 신중하게 소리를 탐색한다. 하긴 꽹과리를 요란하지 않게 두들길 방법이란 없다고 보아야 할 것이다. 꽹과리란 본질적으로 바람난 서방에게 대들다가 오히려 얻어맞고는 뒤늦게 양푼과 세숫대야를 마당에 내던지며 홀로 패악을 부리는 드센 아낙네같이, 속에서 무너진 울음의 날선 조각들을 바깥으로 내던지는 듯한 악기이기 때문이다.

시장 안에서 후추가 잔뜩 들어간 잡채나 돼지고기를 잔뜩 갈아넣은 만두 같은 것을 먹고 나오던 여자들, 여름 커튼천을 사던 여자들, 구석에 쪼그리고 앉아 개의 성기만큼이나 붉고 길다란 떡볶이를 먹던 여자들과 번들거리는 값싼 비닐 구두를 손에 쥔 여자들이 소리를 찾아 두리번거린다.

나는 꽹과리 소리에 시달리느라 얼굴을 찌푸렸다. 성난 엄마가 나의 귀에다 냄새나는 입을 대고 마구 비명을 질러대는 것만 같았다. 엄마가 소리지를 때면 늘 걸레를 삶을 때 나는 냄새가 났다. 천을 삭히는 맹독성의 묵은 때가 빨랫비누 거품과 섞여서 부글부글 끓어오르는 흙물 냄새.

성재와 선배는 약간 무리를 해서 은쇠 꽹과리와 대뿌리 채로 정했다. 돈으로 사기 어려울 정도로 소리가 달랐기 때문이었다. 그들은 곧 오광대 전수를 받기 위해 통영의 전수관으로 떠나야 했다. 다음 학기에 교내 마당놀이패를 만들 계획이었던 것이다. 그것은 농촌활동과 함께 시작된 대학 내 문화운동 바람이었다.

시장에서 나오던 성재가 갑자기 들러야 할 곳이 있다며 선배에게 양해를 구했다. 그들은 저녁에 서클룸에서 다시 만나기로 하고 헤어졌다. 성재는 다음날 장구와 북과 함께 일괄적으로 배달받을 수 있는데도 불구하고 굳이 자기 몫의 꽹과리를 직접 들고 있었다. 『한국의 탈춤』이라는 작은 책도 함께. 그 책의 첫 페이지에 밑줄 친 부분을 나는 알고 있었다. '탈이란 어떤 경우든 은폐와 신비화의 역할을 하는 것이라야 상징과 표현이라는 두 개의 요소로 환원된다.' 하지만 나는 그것을 살짝 바꾸어 외우고 있었다. 얼굴이란 어떤 경우든 은폐와 신비화의 역할을 하는 것이라야 상징과 표현이라는 두 개의 요소로 환원된다. 스무 살인 나의 얼굴은 날마다 껍질이 벗겨지는, 아직 역할을 얻지 못한 쓸쓸하고 적막한 탈이었다.

"아는 형이 소극장과 찻집을 열었는데 아직 인사를 못했어."

"소극장이면 연극하는 장소?"

"맞아. 희곡작가야. 이번엔 직접 연출을 한대. 공연 연습이 시작되었을걸."

성재는 시장거리 한가운데 있는 사층 타일건물을 손으로 가리켰다.

"저기야."

그 순간 성재의 몸에서 짙은 땀냄새가 났다. 나의 감정을 와락 흡수하는 친숙한 냄새였다. 나는 전혀 반감 없이 체취를 맡으며 그가 가리키는 곳을 바라보았다. 베이지색 타일이 창턱의 모서리를 따라 깨어지고 더러는 파여나간 구식 건물이었다.

우리는 건물과 건물 사이로 들어섰다. 일층은 시장거리를 향해 열린 아동복가게였다. 그곳 시장거리는 여성복과 아동복, 신발가게와 속옷가게가 집중된 곳이었다. 양쪽 점포들 사이 한가운데에는 양말이나 모자, 속옷과 싸구려 웃옷들, 가방과 액세서리, 바늘과 실, 혹은 고무줄이나 단추들, 탈수 실리카겔 등을 파는 리어카 행상인들이 길게 자리를 잡았다.

"이런 번잡스러운 시장 안에 소극장이라니. 찻집도 그렇고. 그 형이라는 남자 세상 모르는 철부지가 아닐까……"

계단을 오르며 내가 중얼거렸다.

"낭만적 정의파지. 지난해 초가을에 결혼했는데, 부인이 부잣집 딸이야. 이 건물도 처가 소유래. 직장까지 정리해 버렸어. 그리고 장모를 설득해 건물을 빌렸지. 이젠 연극에만 전념하게 된 거야."

"그런 남자를 행운아라고 하나?"

"처복이 있는 남자라고 하지 않나?"

단순하고 맑은 성재의 눈에 한순간 가벼운 조롱과 불신이 스쳐갔다.

"혹은 그냥 잘생긴 남자라고도 하지."

나는 본 적도 없는 남자에게 무책임한 험담을 하는 것 같아 가볍게 무마했다.

"그 말도 맞는 것 같군."

우리가 들어간 곳은 전통찻집이었다. 대추를 씨까지 뭉그러지도록 검게 끓이는지 짙은 향이 그을음처럼 실내를 가득 메웠다. 찻집 가장자리를 둘러싼 목재 선반엔 다기들과 잎차들, 아쟁과 가야금들이 진열되어 있었다.

그는 창가에 서서 시장거리를 내려다보고 있었다. 성재가 다가가자 들어오는 것을 안 듯이 정확하고 태연하게 고개를 돌렸다. 어딘가 낯익은 남자였다. 키가 크지는 않았지만 체형이 바르고 피부가 희고 머리카락과 눈동자는 몹시 검었다. 그는 성재와 악수를 나눈 뒤 등을 가볍게 안고 툭툭 두드렸다. 여자고등학교의 남자 교사를 기준으로 판단할 때, 그는 젊은 남자였다. 서른셋에서 서른다섯쯤?

나는 아직 나이에 관한 개념이 부족해 얼마 되지 않은 내 경험 속에서 나이의 양과 성격을 가늠하곤 했다. 경험하지 못한 나이에 대해서는 전혀 이해할 수 없었고 사실 이해마저도 피상적이었다. 그들이 얼마나 노련한지 혹은 서툰지, 얼마나 늙었는지 아니면 아직 젊은지, 얼마나 안전한지 혹은 위험한지, 생에 대해 진지한지 기만적인지, 혹은 냉소적인지, 그리고 나를 어떤 눈으로 보는지, 모든 것이 늘 오리무중이었다. 나는 이 세계에 대한 머뭇거림과 불안과 소극적인 수긍으로 모든 것을 뭉뚱그려 표현했다. 많은 생이 남겨져 있었던 것처럼 많은 언어와 경험과 감정이 보류되어 있었다.

"잘 돼가니?"

그는 성재가 안고 있는 쨍과리를 눈으로 가리키며 말했다.

"예. 우리 일은 순조로워요. 형은요?"

그는 먹구름이 끼는 조금 무거운 얼굴로 망설이다가 단념하듯 툭 대답했다.

"……괜찮아. 통영은 언제 가니?"

"모레요."

"방학하자마자 가는 거냐? 그리고 언제 오는데?"

"이 주일쯤 있을 거예요. 그리고 다녀오면 곧장 농활 가야 하구요."

성재는 처복 운운할 때와는 달리 반듯한 자세로 보고했다.

"빠듯하구나."

그는 대견해하는 눈길로 잠시 성재를 바라보았다. 농민과의 연대, 노동자와의 연대, 그리고 야학과 문화운동……

그것이 청춘의 가장 푸른 은유이던 때였다. 잠시 불편한 탐색이 흐른 뒤에 마치 찾아온 목적이 그것인 것처럼 성재는 나를 남자에게 소개했다.

"얘는 우수련이에요."

나는 인사를 꾸벅 했다. 그는 체념한 것 같은 피로한 눈으로 무심하게 나를 보았는데 시선의 끝에 불안한 광채가 언뜻 빛났다. 그의 눈이 문득 커다랗게 열리는 것 같았다.

"김해경이오. 앉아요."

그는 여종업원을 불러 재스민 차를 가져오게 했다.

"형은 연습 시작했어요?"

"일부만 하고 있어. 몸 풀고 리딩하는 단계야."

그는 말을 하면서 한눈을 팔듯 잠시 나를 보았다. 나와 눈이 마주쳤는데도 다른 생각에 빠진 것처럼 그대로 있었다. 눈동자가 먹처럼 검었다.

"실은 배역을 맡았던 여자애 하나가 빠져버려서 곤란하게 됐어. 집에서 반대한다고 갑자기 나오지를 않아."

종업원이 차가 든 대나무통과 다기 세트와 보온병을 가져왔다.

"다른 배역들은 다 연습을 하고 있는데 한 사람만 빠졌으니, 진행에 적잖은 차질이 생기겠는데요. 사실 하루 연습에 만만찮은 경비가 깨지잖아요."

"그렇지…… 누구 소개해줄 만한 사람 없니?"

"주변에 연극해본 사람이 있어야 말이죠."

"경험은 없어도 돼. 끝까지 해내겠다는 성실성과 평균적인 재능만 있으면 훈련으로 다듬을 수 있어. 대단한 무대를 욕심내는 것도 아니고. 이건 알다시피 보통 연극과는 조금 다르니까."

말끝에 김해경은 나를 일별했다. 그리고 대나무통에서 구슬처럼 동그랗게 만 재스민 차 몇 알을 차주전자에 흘렸다. 그사이 향이 기포처럼 터지며 선명하게 폐 속으로 스며들었다. 그가 식힌 물을 천천히 차주전자에 따를 때는 홀연히 그 자리에서 사라진 것처럼 공허했다.

"공연은 언제인가요?"

나는 성재에 비해 섬세하고 유연한, 말하자면 어른스러운 김해경의 하얀 손을 몰래 훔쳐보다가 불쑥 말했다.

"한 달 보름쯤 연습하고 팔월 중순에 이 주일 동안 공연할 계획이에요."

나쁘지 않았다. 9월에는 아무 일도 없었던 것처럼 평범한 2학기가 시작될 것이다. 그리고 10월엔 머리 밑이 차갑게 식겠지. 그리고 숲속에 침엽수들만 남는 11월이면 연극 따윈 벌써 다 잊어버릴 것이다. 그가 차를 잔에 채워주었다. 우리는 풀잎색의 차를 조금씩 마셨다.

"누구 할 만한 친구가 있나요?"

"저요."

나는 자신의 욕구가 의문인 것처럼 묻는 눈으로 대답했다. 성재가 왜 그러느냐고 묻는 눈으로 제어하듯 나의 팔을 툭 쳤다. 김해경의 눈이 둥그렇게 열렸다. 천천히 기쁨이 차오르는 번쩍이는 눈이었다. 눈 속에서 미닫이문 하나가 끝까지 열리는 것 같았다. 단지 배역을 맡을 여자애 하나를 얻는 극장주의 기쁨이라고 하기에는 지나치게 감상적인 기쁨…… 특별히 성급한 두 사람이 만난 것 같았다. 나는 좀 어색해져서 생각지도 않은 말을 했다.

"그런데 저처럼 생겨도 되나요? 연극배우라면 뭔가 좀 더 특별해야 할 것 같은데……"

그러자 그는 오른손을 뻗어 나의 턱을 받치고 사물의 균형을 가늠하고 진위를 판단하는 감정관 같은 시선으로 살폈다. 그의 손가락은 부드러운 케이크처럼 향긋하고 신선한 냄새를 풍겼다. 나는 너무 당황스러워 얼굴이 달아올랐다. 성재의 얼굴에도 의혹과 불만이 떠올랐다. 그럼에도 불구하고 김해경은 서슴없이 손을 뻗었을 때처럼 확고하고 진지했다.

마치 손가락을 벌려 꽃받침을 받치고 향기를 맡는 것 같은 순수한 탐욕이 느껴지는 손이었다. 그가 턱을 놓아주었을 때 오히려 그 손의 온기와 힘이 느껴졌다. 여전히 손이 턱을 가볍게 쥐고 있는 것만 같았다.

"좋은 외모예요. 분장이 잘 받을 얼굴이고, 무대 크기에 맞는 적당한 키와 몸무게, 속되지 않은 체형…… 배우로는 아주 좋은 조건이에요. 특히 얼굴 균형이 완벽하고 윤곽선이 부드러워서 다양한 이미지를 연출할 수 있겠어요. 평생 해도 되겠는데요. 단 그 불만스러운 표정만 빼고. 지금 뭔가 세상이 마음에 안 든다는 골난 얼굴을 하고 있거든."

나는 어깨를 으쓱했다. 실은 그야말로 불만을 안간힘으로 통제하고 있는 신경증적 긴장이 눈에 보일 정도였다. 하지만 그런 긴장이 없다면 그저 희고 맑은 피부와 검은 눈을 가진 유복한 출신의 한량으로밖에는 보이지 않을 사람이었다.

그는 갑자기 일어서더니 옆의 책장에서 책을 한 권 뽑아왔다.

"큰 소리로 한번 읽어봐요."

음량과 발음, 악센트 같은 것을 테스트하려는 것 같았다. 나는 책을 펼쳐 첫 페이지를 읽었다.

"누가 요제프 K를 중상한 것이 틀림없다. 왜냐하면 아무

잘못한 일도 없이 어느 날 아침 그가 체포되었기 때문이다. 집주인 그루바흐 부인의 식모는 매일 아침 여덟시만 되면 조반을 가져왔지만 이날 아침에는 얼굴도 보이지 않았다. 여태까지 그런 일은 없었다. K는 잠시 동안 베개에 누운 채 맞은편 집에 살고 있는 노파가 전과는 달리 호기심에 가득 찬 시선으로 유심히 자기를 바라보는 것을 보고 있었다. 그러자 어쩐지 언짢기도 하고 배도 고프고 해서 벨을 울렸다. 곧 노크하는 소리가 나더니 이 집에서는 아직 본 적이 없는 어떤 남자가 들어왔다……"

내가 읽기를 멈추자 그가 웃었다. 하지만 웃는 눈 속에 그사이 나쁜 소식이라도 전해들은 사람 같은 슬픔이 어른거렸다. 이상하게도 억눌린 듯한 여성적인 표정이어서 더 깊고 절실하고 일종의 통증처럼 가슴을 조이는 슬픔이었다. 자칫 했으면 왜 슬퍼하느냐고 질문할 뻔했다. 내가 읽은 내용이 그를 우울하게 했는지도 모른다. 나 역시 중상이라는 단어와, 어느 날 아침의 체포라는 당혹스러운 불행, 그리고 베개에 누운 채라는 이상한 표현 때문에 꺼림칙했다. 나는 책을 덮고 표지를 보았다. 카프카의 『심판』이었다. 『변신』이나 『이방인』과 함께 세상에서 가장 무서운 책일지도 모른다는 생각이 들었다. 당분간 그런 책은 읽고 싶지 않았다.

"좋아요. '어' 와 '으' 발음만 조금 주의하면 문제없겠네요. 목소리는 어차피 지금보다 일곱 배는 더 커질 수 있을 거예요. 언제부터 연습에 합류할 수 있겠어요?"

그는 천천히 표정을 지우며 사무적인 태도로 말했다. 갑자기 음성이 이상할 정도로 높아졌다. 나는 우리 둘 다 내면 깊은 곳에서부터 들떠 있다는 것을 느끼고 있었다. 그가 아무리 사무적인 태도로 위장한다 해도 숨길 수 없었다.

"생각해보고, 연락드릴게요."

"기대하겠습니다."

그가 정중하게 말했기 때문에 나 스스로 한결 어른스러워진 기분이었다. 그와 나는 우리 곁에서 불만에 차 있는 존재 때문에 억눌린 미소를 주고받았다. 그 표정은 나와 성재가 나란히 일어설 때도, 악수를 하고 헤어질 때도 그대로 불안정하게 묶여버렸다. 미소가 억눌린 단 하나의 긴긴 표정, 그것이 내가 가진 그 남자의 첫인상이 되었다.

"정말 연극을 할 거야?"

찻집을 나오자마자 성재가 물었다.

"왜, 뭐가 이상해?"

"네 결정이 너무 즉흥적이어서."

성재는 마침내 그래도 된다는 듯이 화난 표정을 지었다.

"늘 그런걸. 그런다고 크게 실패할 것도 없어."

"왜 그렇게 생각하니?"

"사소하니까. 지금 나의 생이란 어차피 너무 사소한걸. 이걸 하든, 저걸 하든, 뭔가를 하든, 아무것도 하지 않든 차이가 없어."

"나중엔 차이가 나지, 지금 한 것과 하지 않은 것이. 아주 나중엔."

나는 성재의 얼굴을 올려다보았다.

"그걸 지금 알면 얼마나 좋을까? 지금 필연적으로 해야 할 것들을 미리 안다면 이렇게 막막하진 않겠지."

"그 형 희곡은 네가 생각하는 것들과는 다를 거야. 말하자면 테네시 윌리엄스나 카뮈나 셰익스피어의 희곡과는 달라. 대중을 경원시하는 사무엘 베케트와도 다르지."

"그럼 대체 무엇과 비슷한 거야?"

"형 말로는 표현주의라는데, 미술로 치면 아마도 에드바르트 뭉크 스타일일 거고…… 어떤 형식을 표방하고 있든 문제는 내용이야. 형은, 하긴 예술가라는 사람들이 다 그렇지만…… 완전히 단독으로 이 시대에 저항하는 사람이야. 그래서 검열받는 언론직도 때려치웠지. 하지만 대체로 신뢰를 얻지는 못하고 있어. 그의 언어는 상징과 은유, 알레고리 따위의 지나치게 두꺼운 외피를 쓰고 있기 때문이지. 코에 걸면 코걸이, 귀에 걸면 귀걸이 식이니까, 양쪽 모두로부터 의심받고 하찮게 여겨지고 있어."

성재는 의도적으로 김해경을 성토하는 것 같았다. 몇 걸음을 옮긴 후 나는 발을 멈추었다. 그리고 하소연하듯 중얼거렸다.

"난 그런 거에 별 관심 없어. 그냥 여름방학 동안 집 바깥에서 뭔가를 하고 싶을 뿐이야. 알잖아, 우리집 형편."

"그래, 어쩌면 그게 가장 중요한 일일 수도 있지."

성재가 갑자기 내 어깨를 잡아끌었다. 덕분에 물건에 눈을 팔고 다가온 아주머니와의 충돌을 간발의 차로 면할 수 있었지만 내 몸이 성재의 가슴에 부딪쳤다. 말이 끊어지고 성재는 이제 손으로 나의 뒷목을 가볍게 잡고 비좁은 통로를 걸었다. 나는 강아지처럼 얌전하게 이끌려갔다. 하지만 내 감각은 김해경의 손에 붙들려 있었다. 나의 턱을 받치며 가볍게 쥐던 한결 더 어른스럽고 유연한 손. 케이크의 냄새와 풀잎 냄새, 그리고 연기 냄새와 희미한 셰이브로션 냄새, 종이 냄새…… 어릴 적 아버지의 손이었지만, 짧은 한 시기 이후 영영 잃어버린 손. 그에 비하면 성재의 손은 그의 튼튼한 목덜미처럼 단순하고 힘차기만 했다. 그리고 향기도 없었다.

내가 좋아하는 몇 개의 단어들, 지옥의 입구에서 비명을 지르는 듯한 엄마의 고함 소리와 위협적인 아버지의 침묵, 언제나 뒤엉켜 울거나 웃거나 싸우며 법석을 떠는 어린 동생들과 자궁암으로 앓아누운 할머니, 집 안에 밴 쥐와 생선이 썩어가는 듯한 악취, 축축하고 더러운 자갈돌이 깔린 검은 마당과 아무도 가꾸지 않는 마당 가운데의 둥근 화단, 북쪽의 어두운 부엌과 내가 쓰고 있는 부엌 위의 다락방, 그 방에 걸린 마네의 그림 〈생 라자르 역〉의 어린 소녀와 책을 읽고 있는 여자, 그리고 하나뿐인 친구 연경과 그녀의 기타와 슈베르트의 〈밤과 꿈〉 같은 것이 떠올랐다. 연경은 방학 동안 P시의 이모네 레스토랑에서 아르바이트를 하게 될 것이다. 카운터에서 계산을 하고, 식사하기에 과하지도 부족하지도 않은 브람스의 음악들로 실내를 채우고 테이블마다 한두 송이 꽃을 꽂을 것이다. 한산할 때면 주방에 들어가 스테이크나 버섯수프, 레모네이드 만드는 것을 배우고, 과일 깎는 법을 배울 것이다. 그리고 밤 한시쯤 그 건물의 삼층 계단을 올라가 이모의 옆방에서 잠을 잘 것이다.

방학이 끝난 뒤에 연경은 그녀가 소망한 대로 새로운 스피커를 갖게 되겠지. 친척들은 겪어보면 생각했던 것보다 다정하지 않은데도, 아이들이 흔히 그런 것처럼 나에게도 친척에 대한 동경이 있었다. 부모가 아닌, 나를 돌봐줄 다른 누군가에 대한 굶주림과 집이 아닌 좀더 다른 의지처. 나는 이미, 너무 오래 한 집에서 같은 사람들과 줄곧 살았다. 아마 먼 곳에 사는 다정한 친척이 있었다면 온 가족의 반대를 무릅쓰고라도 기말고사가 끝나던 날 당장 기차를 탔을 것이다. 하지만 나에게는 먼 곳에 사는 친척이 없었다. 그토록 필요한데도 말이다.

연경이나 다른 아이들의 생활은 합리적으로 보이고 그녀들이 소유하고 경험하는 사물을 통해 구체화된다. 적어도 무언가를 할 수 있도록 허락을 받고 그것을 할 수 있는 바닥이 존재하며 안전하게 보호받으면서 계단을 밟듯 차근차근 미래로 나아가는 느낌이다. 소망이라든가, 계획, 그리고 기다림과 실행과 생산적인 결말과 비전들…… 그러나 나의 생활은 불합리하게 닫혀 있다. 너무 불합리해서 우리 가족은 누구도 누구를 설득하지 못한다. 나에겐 사물도 없고 기다림도 없고 오직 심연 위에 걸쳐진 상상만 존재할 뿐이다. 프랑스 섬들의 악명 높은 감옥처럼 하늘로 솟거나 땅으로 꺼지는 수밖에는 방법이 없다. 엄마 아버지가 혀를 내밀며, 네게 날개가 있다면 어떻게 해보렴 하는 것 같다. 때로는, 집이 그만큼이나마 평화로운 것이 오히려 이상할 정도이다.

수련, 물위의 방

잠을 잘 때면 언제나 고양이를 데리고 다락으로 올라갔다. 쥐가 옮기는 쓰쓰가무시 병 때문이었다. 고열이 나고 몸에 두드러기 같은 것이 솟고 몸이 떨리고 머리가 아파 병원에 갔더니 의사가 말했다. 쥐에 기생하는 진딧물에 감염되었어요. 쥐를 조심해야 해요. 그것은 쓰쓰가무시 병이었다. 다락에서 계속 잠자는 한은 쥐를 조심할 수가 없었다. 다락은 할머니 방의 천장과 연결되어 있었는데, 벽에 난 구멍에 눈을 대면 브로크 사이로 할머니 방 천장 바닥이 보였다. 밤 열한시경에 약간 아래로 처진 할머니 방 천장에서 쥐들이 편을 갈라 축구를 한다는 사실은 우리 가족 중 모르는 사람이 없었다.

나는 모기장을 치고 고양이를 안고 눈을 감았다. 다리가 부러진 상이나, 학년이 지나간 교과서들과 참고서, 이불에서 빼낸 해묵은 솜덩이와 고장난 라디오와 전기난로 같은 것 사이에 누워 있으면 나도 망가진 물건같이 느껴졌다. 우수련……

몹시 쓸쓸할 때면 내 이름을 불러보았다. 그러면 물위에 떠서 흔들리는 커다랗고 푸른 잎사귀들이 보인다. 수련은 물에 젖은 잎사귀들의 영혼을 건져 담기 위해 커다란 꽃을 피우려고 애쓰는 중이다.

다락의 창 너머로 짐승들의 야광눈 같은 크고 작은 푸른 별들이 보였다. 고양이가 코를 나의 코에 갖다댔다. 코는 말랑말랑한 발바닥과 함께 유일하게 털로 덮이지 않은 부분이고 늘 촉촉하게 젖어 있다. 가끔 쥐의 피가 묻어 있기도 한 곳이다. 떼어놓아도 고양이는 다시 바짝 얼굴을 붙이며 수염으로 간지럼을 태웠다. 나는 자는 척했다. 물위에 누운 듯 축축한 잠이었다.

고양이는 이번엔 발을 나의 볼에 갖다댔다. 엄지공주가 털실로 짠 빈 장갑처럼 가볍고 부드러운 발이었다. 엄마가 식당 문을 닫고 안채로 들어오는 기척이 들렸다. 자갈돌 밟히는 소리가 헛되고 어지럽다. 엄마가 또 소주에 취한 것 같았다. 아버지는 아직 귀가하지 않았다. 안방 문이 열리고 닫히는 소리. 엄마의 손엔 소주가 든 작은 스테인리스 주전자가 들려 있을 것이다. 엄마의 한숨 소리가 들린 듯하다. 자정이다. 쥐들의 축구도 끝났다. 마침내 집이 고요해졌다. 할머니의 숨죽인 신음 소리가 들리는 것도 같고 아닌 것도 같다.

할머니가 앓아누운 뒤로 식당 단골손님도 뚝 끊어졌다. 식당까지 퍼져나가 음식에 뒤섞이는 악취 때문이었다. 처음에 할머니는 피 묻은 빨래를 직접 했다. 그러나 석 달 전부터는 더이상 방에서 걸어나올 수가 없었다. 식당 찬모들도 할머니 간병을 거절했다. 할머니 방에서 죽을 떠먹이거나 옷을 갈아입히고 나오는 엄마의 얼굴은 병든 가랑이 사이로 흐르는 분비물을 모두 삼킨 듯 하얗게 질리고 금방 터져버릴 폭발물처럼 무섭게 일그러져 있었다.

엄마는 한여름인데도 할머니 방의 문을 꼭 닫았다. 냄새를 가두어야 했기 때문이다. 병원에서도 할머니는 가망이 없다고 받지 않았다고 했다. 나는 엄마의 말을 믿지 않았기 때문에 할머니를 입원시키라고 대들었다. 그럴 때면 엄마는 화가 난 나머지 쥐약을 사먹고 죽으려 해도 돈이 없어서 못 한다고 엇나가는 소리를 질렀다.

동생들은 냄새에 아랑곳하지 않고 학교에 갔다 오면 할

머니 방문을 활짝 열고 큰 소리로 인사를 했다. 심지어는 밤새워 앓고 인사불성으로 누워 있는 할머니를 안고 응석을 부리기도 했다. 문제는 나였다. 지난 늦봄에 할머니에게 죽을 떠먹이고 방에서 나와 첫 구토를 한 뒤로는, 집 안에만 들어서면, 수시로 구역질이 올라왔다. 먹은 음식이 예고도 없이 코로 분수처럼 솟구쳐나오는 것이었다. 그때부터 거의 식사를 못 했고 만성적인 위궤양을 앓고 있었다. 눈에 띄게 야위었는데도 가족들은 아무도 알아채지 못했다.

냄새는 안개처럼 가족들 사이를 가르고 서로를 제대로 볼 수 없게, 느낄 수 없게 만들었다. 가족들은 저마다 외롭고 서글프고 고단했다. 아침에 출근해 자정이 넘어서야, 틀림없이 집이 천마총처럼 캄캄해진 뒤에야, 굳은 얼굴로 귀가하던 아버지조차도 그랬을 것이다. 그리고 할머니는 아프기 전의 할머니와 아무런 공통점도 없이 낯설게 누워 있었다. 속에서부터 부패가 진행된 악취 나는 물체로서 말이다. "아이고, 이 늙은 육신, 어서 죽고 싶다. 죽어보고 정말로 귀신이 있으면 다시 안 태어날란다. 꽃으로도 안 태어나고 새로도 안 태어나고 무서운 귀신이 될란다. 귀신이 돼서 아무 데로도 안 가고 이 집을 돌면서 내 새끼들 잘 되게 지킬란다."

할머니가 흡사 죽어서 바다에 묻힌 문무왕처럼 그렇게

말할 때면, 죽는다는 것이 그냥 몸을 바꾸는 것처럼 자연스럽고 다정하게 느껴졌다. 하지만 할머니도 그때는 몰랐을 것이다. 죽음이란 다름아니라, 몸이 썩는 일이라는 것을. 사타구니 사이로 줄줄 피고름을 흘리는 일이라는 것을. 자기 속에서 자기인 것을 모두 잃어버리는 일이라는 것을. 신세한탄조차, 기억과 소원과 사랑조차도.

할머니는 이제 자신의 자궁에 괴저를 일으킨 병을 수치스러워한다. 누가 병문안 오는 것을 모욕적으로 느끼고 화를 내며 거절한다. 난 그 기분을 이해한다. 다른 병이라 해도 마찬가지이다. 병의 이름으로 붕괴되는 육체와 심판이 끝나버린 생을 타인에게 진열해야 한다면 참담할 것이다. 그러므로 나는 그것이 예의인 것처럼 할머니의 병을 외면한다. 나의 구역질이 내 뜻이 아닌 것처럼 죽음은 불가항력이니까.

깊은 밤중에 깨어 다락방에 누워 있으면, 어느 순간 부들부들 몸이 떨릴 지경으로 외로움이 사무치고 엄마가 그리웠다. 스무 살이나 되었는데도 말이다. 어쩌면 장딴지 근육이 뭉치는 것과 같은 이치인지도 모른다. 한밤중에 다리에 쥐가 내리거나 장딴지의 근육이 뭉쳐, 홀로 자기 몸을 붙잡고 눈물을 글썽이는 것 같은 성장통…… 성장은 누구에게도 하소연할 수 없는 고독이며 비밀이다.

한 지붕 아래 누워 있는데도 엄마와의 거리는 오한이 일도록 멀었다. 미끈거리는 해조류의 푸른 즙으로 차 있을 것 같은 엄마의 몸에 안기고 싶었지만 밤새도록, 아니 평생을 가도 엄마의 품안에 도착할 수는 없을 것 같았다. 그것은 뒤로 돌아가는 길이기 때문이었다.

납득할 수 없는 퇴행의 충동에 빠져 한밤중에 엄마와 아버지가 잠들어 있는 콩 비린내 감도는 방문 앞에 섰을 때 나는 가족 중 누구와도 안을 수 없다는 것을 분명히 알게 되었다. 아버지와 안을 수 없는 것처럼 엄마와도, 동생들과도…… 또 한 가지, 나뿐만 아니라 앓아누운 할머니와 잠든 엄마와 동생들, 식구들 모두가 얼음 구덩이에 빠진 듯 외롭다는 사실도. 한 사람이 전혀 방법 없이 집 한가운데서 죽어가고 있기 때문인지도 몰랐다. 그럴 때면 이 불편함이 빨리 끝장났으면 하는 잔인한 생각이 치솟았다. 무언가를 내팽개쳐 산산조각내어버리고 싶은 파괴적인 충동과 함께.

나는 육상동물의 우리에 갇힌 맹금류의 새같이 둥근 정원을 빙빙 돌았다. 비가 달빛처럼 가늘게 내리고 이따금 검은 하늘에 실뿌리 같은 번개가 쳤다. 고양이가 자꾸만 발목에 걸리고 젖은 자갈 밟히는 소리가 자그락자그락 들렸다.

새하얀 장미 세 송이가 이제 막 꽃잎들을 열고 있었다.

*

슬픈 눈동자의 소녀가 강변을 걸어가네. 바람에 휘날리는 검은 머리 어디로 가는가. 흩날리는 낙엽 따라 멀리멀리 떠나가고 싶어라…… 나는 다락의 망가진 물건들 사이에 누워 눈을 뜬 채로 아버지 방에서 흘러나오는 노래를 듣고 있었다. 아버지는 여러 달째 아침마다 허스키한 음색의 가수가 부르는 외국 번안곡을 들었다.

그런 노래들은 평범하다 못해 지겨운 가정집의 아침시간에 흘러나오기엔 적절하지 않았다. 지나친 감상과 퇴폐적인 동경이 그 이유일 것이다. 차라리 창가에 베고니아 화분들을 내놓은 역 근처의 작은 다방이라면 어울리겠지. 수족관에 물고기가 실내를 관찰하는 커다란 눈동자처럼 하늘하늘 움직이고 나무탁자들은 얼룩 하나 없이 반들반들 닦여 있고, 바닥의 물걸레질이 아직 마르지 않은 오전, 유리창이 햇살에 반짝거리고 수수한 미색 블라우스를 입은 젊은 마담이 카운터에 앉아 볼펜으로 장부에 낙서를 하고 첫손님인 아버지가 발소리를 죽이며 조용조용 나무계단을 오를 것만 같다. 슬픈 눈동자의 소녀가 강변을 걸어가네. 바람에 휘날리는 검은 머리 어디로 가는가. 흩날리는 낙엽 따라 멀리멀리 떠나가고 싶어라…… 젊은 마담은 이런저런 세파를 겪긴 했으나 아직 감상을 다 버리지는 않았을 것이다. 그래서 화이트칼라로 살아온 아버지의 섬세한 얼굴과 손, 그리고 고뇌의 그림자에 마음이 흔들릴 것이다. 저런 냉정하고 우아한 선비 타입의 남자가 사랑을 쏟아준다면, 한 번 더 덧없는 사랑의 이력을 추가하는 것이 무엇이 어려우랴 할지도 모른다……

어느 순간 노래가 뚝 멈추었다. 그리고 정적이 흐르더니 엄마가 다락방 문을 두드리며 나를 불렀다. 아버지가 부른다. 아버지가 부르셔…… 서둘러 모기장을 둘둘 말아 걷고 내려가니 아버지는 할머니 방 앞에 서 있었다.

아버지는 자신 역시 마찬가지이면서도, 몸져누운 할머니에게 인색하고 형식적이고 소극적인 나의 태도에 불만이 많았다. 아버지가 가진 형식적인 종류의 의무라면 나도 충실할 수 있고, 죄의식 없이 아버지만큼 당당할 수도 있었다. 아버지가 하는 일이라곤 아침과 밤에 숨을 참고 할머니 방에 들어가 인사를 하고 나오는 것이 전부였으니까. 그나마 그즈음은 귀가시간을 자정까지 늦추어 밤인사를 빼먹는 경우가 더 많았다.

아침인데도 저녁처럼 어둑하고 비가 주룩주룩 일정하게 내렸다. 아버지는 입을 열었다. 아버지 몸에서는 나이 든 남자 교사들에게서 나던 냄새가 났다. 중후한 스킨 냄새 뒤로 은단이나 소독약 냄새와 아주 희미한 술냄새 같은 것과 니코틴 냄새와 묵은 서류 냄새가 차례로 이어지는…… 그것은 소녀들을 무력하게 만드는 냄새였다.

가족의 우리란 헌신과 희생을 통해 존재하는 것이다. 할머니는 건강하셨을 때, 너를 키웠다. 물론 너를 있게 한 나를 낳고 키우기도 했다. 가정이란 생명이 태어나고 성장하고 또다른 생명이 죽어가는 공동체의 장이다. 태어나는 것도 죽는 것도 성장하는 것도 모두 고통이 따른다. 그 고통이 가능한 가볍게, 순조롭게, 가능한 행복하도록 서로를 도와야 한다. 그러니 아버지의 일부이고 너의 일부인 병든 할머니를 잘 부탁한다……

아버지는 그렇게 말하지 않았다. 그렇게 말했더라면 불만스럽더라도 내가 빠져나갈 구멍이 없었을 것이다. 그랬다면 나는 고분고분 나의 여름방학을 할머니를 위해 헌신할 수도 있었을 것이다. 그런 것은 사소한 일이다. 하지만 어쩌면 사소함이 본질인지도 모른다. 왜냐하면 아버지가 결코 달라질 수 없는 부분은 바로 그런 사소함이기 때문이다.

아버지는 눈을 부릅뜨고 먼저 왜 늘 늦게 잠들고 늦게 일어나느냐고 추궁했다. 그리고 내가 이기적이고 희생정신이 없다고 사납게 비난했다. 마지막으로 방학 동안 할 일이 없을 테니 할머니를 맡으라고 명령했다. '죽음을' 이라는 단어를 살짝 뺀 것 같았다. 할머니의 죽음을 맡아라…… 그리고는 사이사이에 네가 하는 일이 뭐냐는 말을 몇 번이나 했다. 나는 무표정한 얼굴로 묵묵히 듣기만 했다.

'방학은 제게 중요해요. 나도 중요한 일이 있다구요.'

하지만 무엇이 중요한 일이냐고 묻는다면 대답할 자신이 없었다. 그냥 스무 살이라고 대답할 수밖엔 없겠지. 하지만 스무 살이 어쨌다는 건가…… 누가 스무 살을 그 자체로 중요한 일이라고 생각하는가. 머릿속에 무엇이 들었는지 자신조차 모르는 무정형의 존재를…… 나는 대화를 단념했다. 한마디만 대꾸를 해도 곧바로 아버지의 십팔번인 관용구가 튀어나올 것이었다. 쓸데없는 소리, 혹은 턱도 없는 소리…… 어른들은 대화를 하지 않고 각자의 관용구로 울부짖는 것 같았다. 예를 들어 엄마는 아이고 무서워라, 인간이 무섭고 세월이 무섭고 돈이 무섭다라고 하고 할머니는, 귀신도 눈이 멀었지, 왜 나를 아직도 안 잡아갈까, 제발 오늘밤이라도…… 라고 한다. 그리고 동생들은 누군가를 향해서라기보다는 달을 향해 짖는 늑대처럼 두 눈을 꽉 감고 누구도 아닌 것을 향해 큰 소리로 울부짖거나, 웃거나 비명을 지르거나 법석을 떨 뿐이고 나는 침묵한다.

아버지는 내가 어린아이인 것처럼, 내일부턴 일찍 일어날 수 있느냐고 물었다. 나는 이미 알려진 관용구로 응수했다. 나의 관용구란 침묵이었다.

"이해가 안 된다. 도저히 이해가 안 돼."

아버지가 말했다. 이해란 무엇일까. 소통이 불가능한 채로 한 존재를 이해한다는 것이 과연 가능할까. 그러니 이해한다는 건 곧 억압하는 데 성공한다는 뜻이 아닐까.

내 얼굴에 아무런 표정이 드러나지 않고 무심하기를 바랄 뿐이었다. 얼굴이란 어떤 경우든 은폐와 신비화의 역할을 하는 것이라야 상징과 표현이라는 두 개의 요소로 환원된다…… 아버지는 잠시 대치해 있다가 소용없다는 표정을 지으며 획 돌아서서 나갔다. 그즈음 여름 점퍼를 입은 아버지가 아침마다 어디로 나갔는지는 우리 가족들 누구도 알지 못했다. 엄마마저도. 어쨌든 1979년 석유파동으로 아버지가 근무했던 건설회사가 그해 연말을 못 넘기고 파산했다는 건 식구들 누구나 알고 있었다.

동생들은 이미 밥을 먹고 덜 망가진 우산들을 골라 뛰어 나간 뒤였다. 한바탕 난리가 지나가고 수건들과 빗과 옷가지가 여기저기 흩어져 있는 마루에서 엄마와 늦은 아침을 먹었다. 엄마는 늘 그랬듯이 속이 메슥거린다면서 맨밥에 고추장을 잔뜩 퍼넣어 벌건 밥을 먹었다. 아버지는 그즈음 맨밥을 보리차에 말아 마셨고, 나는 밥 몇 숟가락을 신 김칫국에 담갔다가 삼켰다. 그런 식이었다.

곧 식당 문을 닫아야 할 것 같다……

이제 찬모도 쓰지 않고 엄마 혼자 식당을 꾸리고 있었다. 우체국과 동사무소의 장기 하숙생 몇만 아직 밥을 대어 먹고 있을 뿐이었다. 엄마는 할머니 옷을 갈아입히고 빨래를 삶아 넌 뒤에 납작하고 큰 양은대야를 들고 장을 보러 나가고 나는 청소를 했다. 엄마와 아버지의 방, 동생들의 방과 나의 다락방, 마루…… 할머니 방은 건너뛰었다.

청소가 끝날 쯤 엄마가 돌아올 것이고, 나는 콩나물과 시금치를 고르고, 파와 오이를 썰고 깨를 볶아야 할 것이다. 그사이 엄마는 구르듯이 식당 홀과 방들을 청소하고 중간에 할머니 방을 한번 들여다본 뒤 음식 준비를 할 것이다. 그리고 열두시경엔 손님이 들기 시작한다. 벌써 지겨워졌다.

전화국 기계실엔 내가 음식 쟁반을 날라야 할 것이다.

기계실의 공고 출신들은 앞에서 긴장하지만 내가 뒤돌아서는 순간 희롱한다는 것을 나는 느끼고 있었다. 특히 얼굴이 길고 코가 크고 두부처럼 흰 녀석은 공연히 이죽거리고 웃다가 조금이라도 틈을 보이면 미팅은 하느냐, 어제 입은 옷이 더 예뻤다, 혹은 누굴 닮아서 몸매가 이렇게 좋으냐, 커서 뭐가 되고 싶으냐는 둥 뒤죽박죽 말을 붙이곤 했다.

댁은 커서 전화국 직원이 되고 싶었어요? 이미 다 커버린 나는 묵묵히 전화국 직원을 노려보았다. 자라서 소도시의 전화국이나, 우체국, 동사무소 같은 데서 일하게 되는 인간들은 어떤 꿈을 꾼 것일까…… 나는 그들을 볼 때 오직 그런 의문만이 들었다. 모든 것을 예상할 수 있는 인생을 살겠다고 꿈을 꾸었는지도 모른다. 예기치 않은 일은 결코 일어나지 않는 생. 그들의 몸에서 소리가 들렸다. 두 눈과 손과 숨소리에서도……

'우린 어디로도 갈 수 없어. 먼 곳으로 가서 새로운 인생을 발견할 수 있다고 믿는 건 오해야. 소문에 불과하다고. 이 세상에 새로운 삶이란 없어. 어디서나, 한 걸음 한 걸음 다람쥐 쳇바퀴 돌리듯 사는 거야. 성실, 인내, 정직, 소박…… 헛바람이 드는 건 성질 더러운 것보다 더 나빠.'

그들은 소도시의 표상들처럼 존재했다. 그것이 내가 그

들을 미워하는 이유였다.

집은 빗물을 먹어 벌써 무겁고 퀴퀴했다. 집 안 구석구석에 전에 보이지 않던 새로운 얼룩들이 생겨났고 전에 있었던 얼룩들은 살아서 꿈틀거리듯 가장자리가 번지고 더욱 짙어졌다. 나는 무엇과 싸우는 듯 이마를 잔뜩 찌푸리고 온 힘을 다해 바닥이 반질반질해지도록 걸레질을 했다. 마루의 나무와 나무 사이의 이음새에 온갖 가루와 때가 끼어 있는 것이 보이고 마루 아래에 생선이나 쥐 같은 것이 썩는지 끈질기게 악취가 올라왔다. 머릿속에 단어들이 개미처럼 지나갔다.

A는 극광 aurora, B는 방랑 Bohemian life, C는 열등감 complex, D는 사막 desert, E는 실존주의 existentialism, F는 여성적인 feminine gender, G는 죄 guilt, H는 휴가 holidays, I는 이념 ideology, J는 야누스 Janus, K는 칼 knife, L은 왼손잡이 left hander, M은 생리 menstruation, N은 니체주의 nihilism, O는 구름다리 overpass, P는 소통 passage, Q는 질문 question, R은 비 rain, S는 우주 space, T는 유혹 temptation, U는 이상주의자 utopian, V는 순결한 처녀 virgin, W는 권태 weariness, X는 황색인종 xanthous, Y는 젊

음 youth, Z는 영 zero……

A는 무정부주의자 anarchist, B는 복서 boxer, C는 절정 climax, D는 죽음 death……

아무래도 이상해 냄새의 근원을 찾기 위해 마루 틈에 눈을 대고 노려보고 있는데 할머니가 방 안에서 비닐장판을 두드리며 무어라고 외쳤다. 나는 못 들은 척 마루 틈을 노려보았다. 마루 밑은 캄캄하기만 했다. s는 악취…… stink…… stink…… 엄마가 돌아올 때까지 시간을 끌고 싶었다. 그러나 할머니는 계속해서 손바닥으로 방바닥을 쳤다.

문을 열었을 때 너무 어두워서 잠시 서 있어야 했다. 가운데 방의 한 벽면은 부엌과 면해 있고 다른 벽면은 목욕실과 면해 있으며 다른 벽엔 긴 벽장이 들어 있어서 빛이 들어올 만한 창이 없었다. 할머니는 계속 팔을 허우적거리며 문을 두드렸다. 창호지를 바른 문 안쪽에 할머니 손자국들이 찍혔다. 가까이 다가가자 악취가 와락 끼쳤다. 마치 누군가가 완력으로 나에게 썩은 코트를 뒤집어씌우고 돌멩이 같은 주먹으로 마구 때리는 듯했다.

"할머니, 그만해…… 좀 진정해봐."

나의 음성은 발작적이었고 명령조로 들렸다. 할머니가

버둥대기를 멈추었다. 그리고 나를 올려다보았다. 나는 할머니에게 바짝 다가앉아 팔에 눈이 닿도록 다가갔다. 겨울나무 가지 같은 야윈 손에서 피고름 냄새가 났다. 할머니 손아귀엔 피딱지와 고름이 묻어 있고 톱밥가루같이 작은 구더기들이 꼬물거리며 팔을 타고 내려가고 있었다. 의사가 걱정했던 대로 엉덩이에 생긴 욕창에 구더기가 슨 것 같았다.

"왜 손으로 만졌어! 왜 손으로 뜯어!"

그 순간 코로 매운 물이 울컥 치솟았다. 나는 바깥으로 달려나가 화단에서 구역질을 했다. 그리고 빗물에 흠뻑 젖은 장미꽃잎을 훑어 입 안에 채워넣고 씹었다. 장미꽃잎은 의외로 두껍고 단단했다. 손바닥이 가시에 찔려 쓰라리고 코와 눈에서 시큼하고 묽은 즙이 흘러내렸다. 비를 맞으며 꽃밭 가운데 퍼져 앉아 있으니 엄마의 비명처럼 처음으로 삶 속의 무언가가 끔찍하게 무서워졌다. 나는 부르르 떨며 시큼하고 떫은 장미꽃잎을 끝까지 씹고 남김없이 삼켰다.

할머니 방은 조용했다. 수돗가로 가서 비누를 듬뿍 칠해 손을 오래 씻었다. 손을 씻으면서 보니 수돗가 시멘트 바닥의 터진 금들 틈에도 밥알과 양념 찌꺼기와 짓무른 검은 때가 끼어 있었다. 쳐다보고 있으니 벌레처럼 꼬물거리는 듯했다. 기억 속의 악취가 몸 속의 주먹처럼 뭉클 올라왔다. 다시 속이 뒤집혔다. 손으로 입을 가리고 다락방으로 뛰어올라가 젖은 옷을 갈아입고 가방을 채듯이 들고 나왔다.

마루 앞 차양 아래 빨랫줄엔 할머니의 기저귀와 옷가지가 길게 널려 있었다. 피 얼룩이 다 빠지지 않아 가운데가 누런 기저귀들은 결코 마를 것 같지 않았다. 나는 우산을 펴고 자갈돌을 어지럽게 밟으며 집을 나섰다. 발 밑에서 자갈돌이 비늘도 없는 작은 물고기들의 등처럼 미끈거렸다. 어디선가 고양이 울음소리가 희미하게 들렸다. 지붕 밑, 할머니 방 천장 위쯤 같았다.

망각의 결상

이층의 찻집에 김해경은 없었다. 손님도 한 명 없었다. 빈 찻집에 청아하고 한스러운 어린 여자애의 노래만 흐르고 있었다. ……엄마가 수놓은 헌 꽃버선…… 꽃버선 삭아서 누더기 되고 엄마는 내 머릴 곱게 빗기고 어느 날 나도 몰래 떠나버렸네 엄마의 꽃버선 꼭 붙안고 엄마 없는 별을 보고 울어버렸네……

삼층 극장에 들어섰을 때 한 여자가 객석에 앉아 담배를 피우고 있었다. 바닥에 붉은 카펫이 깔려 있어서 발소리가 전혀 나지 않았다. 문 앞에 잠시 서 있자 여자가 돌아보았다. 납작한 코와 가지런하고 얌전한 콧구멍과 두툼하고 둥근 입술…… 감자같이 가무스레한 살색에 이마가 넓었고 머리를 뒤로 묶었는데 머리로 이어지는 이마 선이 유난히 매끈했다.

그녀 둘레에서 쓰고 아득하고 청결한 냄새가 났다. 문득 저런 여자는 몇 살일까 하는 생각이 들었다.

여자는 왼손에 들고 있던 이백밀리 우유곽에다 담뱃재를 털었다. 담배만 피울 뿐 통로를 사이에 두고 맞은편 객석 끝에 앉은 방문객에게 아무것도 묻지 않았다. 담배를 끈 뒤에도 무망하게 빈 무대를 향해 앉아 있었다. 극장 안엔 본드 냄새와 페인트 냄새가 고여 있었다.

'지금쯤이면 엄마는 내가 도망가버린 것을 알아챘겠지. 전화를 걸어 전에 일했던 강주댁을 불렀을까? 아니면 혼자서 그 모든 일을 하느라, 전쟁터에서 빗발치는 총알을 피하는 병사처럼 정신없이 내달리고 있을까……'

얼마간의 시간이 흐른 뒤에야 여러 명이 웅성거리며 계단을 딛는 소리가 들리더니 곧 해경이 패거리와 함께 나타났다. 점심을 먹고 오는 길이라고 했다. 여덟 명의 배우들과 의상과 음향과 조명과 분장과 무대장치를 맡은 스탭들, 그리고 스폰서를 따고 진행업무를 맡을 기획팀까지 모두 열네 명을 소개받았다.

대본을 받아 몇 장 넘기다 말고 나는 김해경을 쳐다보았다. 그는 심각한 얼굴로 스탭들과 이야기를 나누고 있었다.

눈동자가 검은 광석 조각처럼 단단해 보였다. 그의 희곡은 「햄릿」이나 「느릅나무 밑의 욕정」이나 「정복되지 않는 여자」나, 「유리동물원」 「오해」 같은 작품들과는 확실히 달랐다. 심지어 「고도를 기다리며」와도 달랐다. 나의 배역은 '이' 였다. '이' 외에 '아' '여' '공' '간' 이 있고 다시 이2와 아2 여2와 공2 간2가 있었다.

그들은 한결같이 사라진 무언가를 찾아 지상과 지하와 천상을 헤매었다. 그들은 모두 한 사람의 분열된 모습 같기도 했고, 여러 사람의 갈기갈기 찢긴 한 부분들 같기도 했다. 혼령이나 혼불 같기도 했다. 그들은 흩어져 있었고 분열되었고 광기에 차 있었고 하나로 결합되기를 열망하고 있었고, 결합되었을 때의 어떤 이미지를, 분명 한때는 간직했으나 빼앗겨버린 약탈된 이상을 찾아 방황하고 있었다.

대사는 지나치게 감정적이고 추상적이었다. 그러나 김해경은 연극의 의미를 묻는 것을 금지했다. 그는 자기 배역을 충실하게 연기하면 언젠가는 저절로 알게 될 거라고 했다. 연극이 끝날 무렵이든, 연극이 끝난 뒤든, 혹은 아주 오랜 뒤에 연극을 잊은 뒤라도, 말하자면 이십 년 뒤라도 말이다.

나는 그 일을 더이상 문제삼지 않았다. 그즈음엔 늘 그런 식이었으니까. 나중에 알게 될 일투성이. 모든 것은 유보

되어 있었다. 삶은 기다림이다. 당장 되는 일은 아무것도 없었다. 나는 아직 남겨진 시간에 대해 아무런 기대도 없이 무심한 편이었다. 스무 살이란 아직 시간 이전에 붙박여 있는 나이였다. 손오공이 얼굴만 내놓고 바위벽에 갇혀 있듯이. 삶이란 좀처럼 시작되지 않는다.

이, 여, 아, 공, 간은 모두 여자이고 이2와 여2, 아2, 공2, 간2는 모두 남자였다. 등장인물들은 일제히 악몽을 꾸고 있는 것 같았다. 나의 첫 대사는, 뭐? 그렇게도 많은 사람이 죽었다는 말인가! 그런데 그들은 대체 어디에 묻혔지? 어느 지하에서 흘러다니는 거지? 우리 발 밑으로 주검이 흘러다니는 것을 너는 아니? 아니? 였다. 나는 현란한 수학문제를 받은 듯 막막한 심정으로 시취가 풍기는 대사를 보고만 있었다. 하지만 희곡보다 더 궁금한 것은 정체불명의 냄새였다.

극장 안의 페인트 냄새와 본드 냄새와 나무 냄새, 눅눅한 풀냄새와 종이 냄새, 그리고 시장으로부터 들어오는 온갖 퀴퀴한 냄새의 종합선물세트…… 냄새들은 차차 단 하나의 냄새로 남겨졌는데, 그것은 젖은 새냄새였다. 뜨거운 물에 닭을 넣고 깃털을 뜯을 때 나던 비린내 같기도 했다. 나는 자주 숨을 멈추곤 했다. 깃털 속까지 파고든 빗물과 젖은 새의 더운 몸과 야생적인 눈동자와 부리와 숨소리가 상기되었다.

할머니의 악취를 피해 도망쳐왔는데, 도심의 극장에서 새냄새라니…… 불운은 추적자처럼 따라다니는지 오후 내내 그 비린내를 맡으며 극장 바닥에 둘러앉아 리딩을 계속했다. 감정이입이나 높낮이 없이 분명한 발음과 일정한 소리로, 마치 큰 소리로 신문을 읽듯 그저 대사를 읽는 것이었다.

단원들과의 인사가 대략 끝나자 나는 참기 어려운 기분으로 물었다.

"그런데 이 새냄새는 뭐죠?"

"……이 건물 바로 옆 건물에 새감옥이 있어."

대답을 할까 말까 게으름을 피우는 것 같던 두 여자가 거의 동시에 대답했다. '여' 역을 맡은 미대생 상경과 '아' 역을 맡은 우유곽에 담배를 털던 영신이었다. 둘 다 반말이었다. 높임말 같은 건 해본 적이 없는 태도였다. 어쩌면 자기보다 나이 많은 사람에게는 말을 하지 않는지도 모른다.

"새감옥?"

"중간계단 참의 창으로 내다보면 보여. 그 집 주인남자가 삼층 옥상에 철망 우리를 만들어 새를 키우는 거야. 주로 비둘기이고, 카나리아, 백문조, 앵무새, 심지어 까마귀와 까치도 있는 거 같아."

영신이 조용조용 말했다.

“비둘기와 까마귀, 까치를 가두어 키운다고? 새를 그렇게 좋아하는 남잔가?”

내 말에 상경이 우아하게 부정했다.

“새를 싫어하는 남자겠지. 아니면 왜 가두어두겠어? 그렇게도 자유로워야 할 새들을?”

“그런데 그거 불법 아닌가?”

내가 묻자 영신의 눈에 희망이 반짝 빛났다.

“신고해버릴까? 혹시 알아? 경찰이 와서 새들을 모두 하늘로 훨훨 날려보내줄지?”

영신의 말에 모두 불법 운운한 나를 쳐다보았다. 불법인지, 합법인지 확신할 수 없는 문제였다. 그리고 신고라니, 나의 정서에 그런 저돌성은 없었다.

영신은 몇 년 세상을 떠돌다가 뒤늦게 대학에 입학한 늦깎이라고 했다. 하지만 몇 살이나 되었는지는 전혀 짐작할 수 없었다. 학교 극회 출신이어선지 여유 있어 보였다. 리딩하는 중에 눈이 마주치자 생긋 웃었다. 커다란 눈이 가만히 줄어들었다가 다시 커다랗게 열리고 콧등에 주름이 잡혔다가 펴지면서 콧구멍이 일순 동그랗게 열리는 듯했다.

그리고 탐스럽게 살이 찐 긴 파마머리의 상경은 미대생

이라 '여' 역을 하면서 동시에 의상을 담당하고 있었다. 희고 육감적인 피부와 고집스럽고 대담하게 보이는 길고 도톰한 코와 뭔가에 열광해 있는 듯한 커다란 눈이 인상적이었다. 목소리는 의외로 낮았다. 아니, 그것이 다혈질인 그녀의 이미지에 적절한 것 같기도 했다.

그리고 '공' 역을 맡은 키가 크고 말랐으며 화장을 짙게 한 여자애는 고등학교를 졸업한 뒤 빈둥거리다가 아르바이트 삼아 극단에 들어왔다고 자기를 소개했다. 이름은 마리라고 했다. 가명 같았다. 흔히 그렇듯이 진짜 이름은 말희 같은 것인지도 모른다. 그녀는 이따금 뭔가 귀찮은 것들이 생각난 듯 눈을 아주 느리게 깜박거렸는데 수없이 많은 것을 숨기고 있을 것만 같은 모습이었다.

'간' 배역을 맡은 여자는 없었다. 그녀는 공장에 다니기 때문에 저녁에 온다고 말했다. 나는 공장에 다니는 여자를 본 적이 없었다. 단지 성재의 노래 속에서 자주 여공들의 이야기를 듣긴 했었다. 해바라기처럼, 해가 뜨면 공장에 나가 컨베이어 벨트 앞에 서고 해가 지면 집으로 돌아온다. 하지만 야근이 잡히면 작업반장의 독촉에 시달리며 며칠이고 밤을 새워야 하는, 영양실조와 과로와 수면부족의 노란 얼굴, 붉은 눈, 미숙한 체격, 해가 그리운 해바라기의 꿈……

남자배우는 학생이 두 명, 대학 극회 출신 회사원 한 명, 다른 극단이 문을 닫으면서 넘어온 배우 두 명이었다. 극회 출신 회사원은 분장도 맡고 있었고, 다른 남자배우들도 배역 외에 음향을 맡기도 했고 진행을 돕기도 했다. 무대감독은 가끔 들를 것이고 조명은 공연 무렵에 외부 지원을 받을 것이라고 했다. 그들은 대부분 단원을 모집한다는 포스터를 보고 찾아와 간단한 테스트를 받은 이들이었다. 연극 연습은 오후 두시부터 여섯시까지 해왔는데, 다음주부터는 지하 시장 안의 지정 식당에서 저녁을 먹고 다시 오후 일곱시부터 아홉시까지 계속하기로 예정되어 있었다. 점심은 물론 필요하다면 아침까지 식당에서 해결할 수 있다고 했다.

연습을 마치고 시장거리를 우르르 몰려나와 지하 카페로 자연스럽게 이끌려갔다. '망각의 걸상'이라는 이름이었다. 머리를 짧게 자르고 단순한 검은 옷을 입은 중성적인 주인여자가 김해경과 패거리를 담담하게 맞았다. 나무 테이블 세 개와 주방을 둘러싼 카운터 자리가 전부인 좁은 술집이었다. 어딘가에 몇 년째 손이 가지 않은 폐실이라도 있는지 묵은 먼지 냄새가 고여 있었다. 먼지에 걸리듯 가끔 스크래치를 일으키며 비틀스의 〈우주를 가로질러〉가 흐르고 있었다.

그 노래를 듣고 있으니 성냥갑처럼 작은 카페는 광막하고 검은 우주에 떠 있는 먼지 뭉치 같았다.

첫 술잔은 신입단원인 나를 위한 환영주였다. 연습과 공연의 성공 기원을 위한 건배가 이어진 뒤로는 그저 평범한 술자리였다. 다들 눈이 맵도록 담배를 피우며 오징어포와 과자 정도의 간단한 안주를 씹고 서로 놀려대고 장난치고 다독거리고 혹은 연습중에 생긴 이야기들을 주고받는 자리였다. 그때까지만 해도 나는 집에 들어가지 못할 거라고는 생각하지 않았다. 하지만, 거리에서 인사를 하고 버스 정류장을 향해 혼자서 걷게 되었을 때, 집에 돌아가는 일이 순조롭지 않다는 사실을 깨달았다.

열한시 조금 지난 시간이었고, 버스를 타면 십오 분 거리에 집이 있었다. 하지만 나는 여러 대의 버스가 지나간 뒤에도 큰 거리의 정류장에서 황량하게 서 있었다. 집에서 나올 때, 무언가를 힘껏 내동댕이쳐 산산조각내어버린 기분이었다. 아직도 마루 위에 그 위험한 잔해가 깔려 있어서 식구들이 살금살금 발뒤꿈치를 들고 딛고 있을 것만 같았다.

열한시 사십분이 되었을 때, 나는 되돌아 걸었다. 이젠 아버지가 귀가했을 시간이었다. 무엇보다 그 길로 집에 들어가면, 방학 내내 다시는 집 밖으로 나오지 못할 것이었다. 아버지는 이해할 수 없는 감정을 억누르듯, 나의 존재 전체를 가두려 할 것이다.

나는 〈우주를 가로질러〉를 흥얼흥얼 노래했다.

말들은 끝없는 빗물처럼 종이컵 속으로 흘러가고,
지나가며 미끄러지고, 우주를 가로질러 사라지네
슬픔의 봇물과 기쁨의 물결이 내 열린 마음속을 떠다니네,
날 가득 채우고 날 어루만지면서
자이 그루 드 바 옴
내 세계를 변화시키는 것은 없네
내 세계를 변화시키는 것은 없네……

집을 나오자 나의 실존은 우주 한가운데로 내던져진 것처럼 막막했다. 그렇지만 나는 유성처럼 흘러내리지 않는다. 무언가 나를 당겨주는 힘이 있기 때문이었다. 예를 들면 성재, 할머니, 엄마, 네잎클로버와 몇 개의 단어들, 그리고 이제 막 시작된 연극……

어두운 극장 계단을 올라가니 문틈으로 불빛이 비쳤다.

문을 두드리자 김해경이 어리둥절한 얼굴을 내밀었다. 하지만 잊은 게 있느냐고 섣부르게 묻지 않았다. 묵묵히 들어오게 했고 자신이 마시던 차를 따라주었다. 차를 마시고 있으니 모든 것이 자연스럽게 느껴졌다. 커다란 극장 안에 말없는 두 사람도, 자정의 시간도, 서로를 거의 모른다는 사실도.

간혹 잘 곳 없는 사람들이 그런 식으로 불쑥 들르는지도 모른다. 김해경은 분장실에서 이불을 꺼내와 무대 위에 펴주었고 분장실 쪽만 제외하곤 조명들을 껐다. 그는 소파에 앉은 채로 잘 모양인지 의자를 하나 당겨 다리를 올렸다.

"지낼 곳이 없어요."

일기장이 든 가방 끈을 쥐고 무대 위에 반듯하게 누워 눈을 감은 뒤에 마침내 나의 문제를 말했다. 어딘가에서 퉁겨져나온 나사못 하나처럼 자신이 왜소하게 느껴졌다.

"그런 것 같군."

김해경은 그것이 자신의 고민인 것처럼 혼잣말을 했다.

다음날 늦은 아침을 먹은 뒤 대본을 들고 앉아 있는데, 외출하고 온 김해경이 나를 데리고 나갔다. 시장거리를 벗어나 도로를 횡단하고 가구거리를 지나 골목으로 들어가 철제 계단을 올라갔다. 조그만 옥상이 딸린 방 앞에서 김해경은 키를 꺼내 방문을 열었다.

“부동산 사무실에 알아봤더니, 마침 두어 달만 써도 된다는 월셋방이 있었어요. 지낼 만할 거예요. 극장에서도 가깝고.”

부엌과 세면장을 갖춘 월셋방이었다. 그것은 내가 늘 꿈꾸던 방이기도 했다. 가족도 타인과의 연루도 없이 물위에 흐르는 듯 환영처럼 떠 있는 한 칸의 방. 옥상 쪽 방문과 맞은편 벽의 창문을 열어놓으니 바람이 펄럭펄럭 들어왔다. 마치 커다란 연잎 위에 올라앉은 것처럼 방이 출렁거리는 듯했다. 이웃집 옥상에 널어놓은 원색의 빨래와 우산들이 커다란 꽃잎들처럼 바람에 흔들리고 있었다.

“집엔 이야기했어요?”

가방 하나만 달랑 방바닥에 내려놓는 내게 김해경이 물었다.

“고아예요.”

나는 불쑥 말했다. 김해경은 새삼 나의 얼굴을 빤히 보더니 짧게 웃었다.

“나가요, 당장 필요한 거 몇 가지 사줄 테니.”

그는 나의 사정을 빤히 안다는 얼굴로 태연하게 말했다. 나는 내게 필요한 게 무엇일까 하는 궁금한 표정을 지었다.

*

컵 두 개와 찻주전자, 일회용 인스턴트 커피, 여름 요와 이불, 수건과 비누, 칫솔과 치약, 라면 냄비와 수저, 가위…… 그것이 김해경이 사준 물건들이었다. 한 가지 더, 둥근 거울…… 김해경은 주인집에서 망치를 빌려와 벽에 못을 박고 그것을 달아주었다. 거울이 벽에 붙자 방은 완벽해졌다. 마술처럼 꿈이 이루어진 셈이었다. 이 개월도 채 안 될 계약 기간이지만.

"고맙습니다."

나는 늘 인사를 적절하게 못 하지만, 어떤 식으로든 이 꿈 같은 배려에 감사의 말을 해야 할 것 같았다. 김해경은 나를 잠시 쳐다보았을 뿐 대답하지 않았다. 이번에도 내가 부적절한 인사를 한 것일까 하는 생각을 하는데 김해경이 말했다.

"청춘은 누구나 고아지."

김해경은 이따금 혼잣말처럼 중얼대는 특징이 있었다. 그 말은 고아인 나를 위로하는 것인지 거짓말인 줄 다 안다는 뜻인지 알 수 없었다.

"난 열여섯 살 때부터 고아라고 말하며 다녔어요. 지금까지도 엄마가 살아 있는데……"

그는 벽에 등을 붙이고 한쪽 다리를 세우더니 양팔을 활짝 열고 꽤 편하게 앉았다. 담배연기가 수직으로 올라가다가 이제 막 불어온 바람에 실타래처럼 엉겼다 흩어졌다. 연기 냄새를 맡으니 마음이 고즈넉하게 가라앉았다. 그가 담배를 피울 동안 나는 인스턴트 커피를 탔다.

김해경의 편편한 가슴은 안으로 약간 휘어져 허약하고 젊게 느껴졌다. 난 비어 있어, 텅 비어 있어, 라고 말하는 것 같았다. 우리는 서로 시선을 비낀 채 열어젖혀둔 방문 바깥을 내다보며 커피를 마셨다. 집집마다 옥상 위엔 망가진 책상과 파라솔과 모래 더미나 브로크, 식물이 말라죽은 화분, 튜브와 공, 의자 같은 것들이 한두 가지씩은 버려져 있었다. 덧없는 것들이 밀려와 닿는 외진 해안 같았다.

망가진 물건들을 하나하나 바라보다 고개를 돌리면 어김없이 시선이 마주쳤고 그때마다 좁은 공간에 담담하게 마주 앉아 있는 것이 새삼 불편하고 위태롭게 느껴졌다. 얼마 견디지 못하고 균형이 깨어지고 말 것만 같았다.

"난 해변가의 창녀촌에서 태어났어."

그가 높은 줄 위에서 툭 내려서듯 문득 말을 내렸다. 그 정도의 고백은 조금 함부로 해야 어울린다는 듯 자학적인 어조였다. 아니면 속을 내보이는 사람이 구하는 친밀감의 표현인지도 모른다.

"그곳에서 성장했고…… 엄만 내가 어렸을 땐 창녀였어. 내가 조금 자랐을 땐 포주 노릇도 했었지. 십대 초반부였는데, 그때까지도 엄마와 한 방을 썼어…… 그 시절 내 소원이 뭐였겠어?"

"방."

나는 확신을 가지고 대답했다.

"창녀촌 바깥에 나의 방을 하나 갖는 거였지."

나는 전적으로 납득한다는 표시로 고개를 끄덕였다. 그 방의 조건은 단 한 가지뿐이다. 이곳이 아닌 다른 장소에 있을 것. 나의 가방 안엔 일기장과 몇 통의 편지와 사진 몇 장이 늘 구겨지고 있었다. 할머니가 앓아누우면서, 할머니와 한 방을 쓰던 동생들이 내가 쓰던 부엌방으로 밀려들어오고, 그 좁은 방에서 나는 서랍 한 칸도 나만의 것을 가질 수가 없게 되었다. 몇 권의 일기장과 낙서장, 당장 빨아 널 형편이 못 되는, 이제 막 갈아입은 속옷을 들고 감출 곳을 찾아 허둥대다가 집 뒤편 공터에서 모두 태워버렸었다. 그 뒤로 내 물건은 가방 안에 보관했고 잠잘 때도 가방을 놓지 않게 되었다.

"하지만 그 소원은 좀처럼 이루어지지 않았어. 스무 살이 되어 대학에 입학하기 위해 다른 도시로 가게 되었을 때에야 그 진창에서 벗어날 수 있었지. 지금 엄만 그 동네에서 창녀들 상대로 국밥집을 해. 요즘 나는 아침마다 오십 평 맨션아파트에서 장모와 아내에게 포위되어 잠이 깨지. 천천히 차를 마시며 베란다 창 아래로 내가 태어난 불결하고 낮고 눅눅한 창녀촌을 내려다봐. 아직도 엄마가 사는 국밥집 회색 슬레이트 지붕도…… 그곳에서 올라오는 데 성공했다는 안도감을 제대로 느끼려고 애쓰면서…… 그런데 그 안도감은 어딘가 불편하고 구차하고 밀도가 형편없어. 창녀촌에서 완전히 벗어났는데도, 아직 그곳에 있는 것만 같은 낯익은 좌절감이 엄습하거든. 지금도 눈을 뜨면 가장 먼저 어릴 때의 소원이 떠오르는 거야. 이곳이 아닌 다른 곳에 나만의 방을 갖고 싶다…… 그래서 아내가 양해하는 선에서 자주 극장에서 지내. 아내가 말하지. 당신은 집 알러지가 있나봐."

희고 틈이나 상처 하나 없이 맑은 피부와 오만한 표정을 가진 얼굴에 어울리지 않는 불우한 출신이었다. 그리고 유복해 보이는 겉모습과 달리, 미끄러질 것만 같은 비탈진 불안감 속에서 양팔에 잔뜩 힘을 주고 있는 것 같은 심각한 자기혐오가 내비쳤다. 퉁겨져나온 나사못처럼 밤새 뒤척였던 극장 무대 위의 불편한 잠자리가 떠올랐다.

"이 방에 오세요. 혼자 있을 방이 무척 그리우면요. 필요

할 때는 며칠쯤 비워드릴게요."

나는 아무 중요성도 없다는 듯 무감각한 표정을 짓고 있었다. 김해경이 약간 놀라는 것 같았다. 물론 그런 식의 일시적인 위로로 메워질 허기가 아니란 걸 나는 알고 있었다. 방이란 우리가 생각하는 것 이상의 그 무엇을 포함한다. 몸 속에 11만 2천 킬로미터의 혈관이 흐르는 것처럼, 방이란 어쩌면 궤도를 운행하는 한 영혼의 수많은 생애의 피로와 상처와 허무와 꿈과 추억과 미래가 흐르는 복도가 연결된 정거장 같은 곳이 아닐까. 그러니 우리가 자기의 방에서 확인하려 하는 것은 무엇과도 연루되지 않은 존재의 진정한 현재일 것이다.

"정말 그래도 되겠어?"

나는 고개를 끄덕였다.

"너무 쉽군."

자기를 나무라는 투였다.

"뭐 어때서요? 말 그대로 방이 필요한 건데요."

나는 방에 관한 갈망이라면 웬만큼 안다는 공감 어린 눈으로 다정하게 마주 보았다.

"너는 그 나이 또래치고는 참 의젓해. 처음부터 알아보았지만."

"그런 말은 처음 들어요."

"불균형하면서도 순수하고 무표정한데 이상하게 강해. 금속적이고 연약하고 무구하기도 해. 풀리지 않는 퀴즈 문제처럼 궁금증을 불러일으키면서도 묘하게 친근감이 느껴지는 거야. 물론 난 아직 너를 표면적으로만 파악할 수 있지만……"

나는 불편해져서 웃었다. 누군가 나에 대해서 자기 식대로 규정하면 나는 포획된 이미지처럼 꼼짝없이 그런 사람일 뿐인 것이다. 그렇다고 나의 내면을 설명할 도리도 없다. 내가 알고 있는 나…… 나를 알려고 하면 할수록 나란 존재의 경계는 열려버리고 자신이라고 믿는 것이 점점 더 허구가 되어버린다. 단지 '너'가 아니기 때문에 '나'인 것만 같은, 세계와 타인 사이의 경계막, 살려고 하는 또하나의 맹목적 의지, 질서를 부여해야 하는, 두서없이 뒤섞인 욕망의 덩어리, 혼자 있을 곳을 찾아헤매면서 동시에 누군가를 그리워하는 비극적인 이중 도주.

나는 신을 믿지 않지만, 모든 인류가 하나로부터 파생된 조각들이 아닐까 하는 생각이 가끔 든다. 사실 이 세계는 하나일 뿐이고 개체들이란 그 하나가 끊임없이 세포분열을 하는 거대한 생물의 한 점들과 같이 부분들을 수행하는 것이 아닐까. 사실은 너도 나이고 할머니도 나이고, 동생도 나이고, 선생님도 나이며 엄마도 나이고 이웃 사람이나 거리의 행인도 나인 것이 아닐까.

나는 누군가의 삶을 대신 살고, 그는 어디선가 나의 삶을 대신 살고, 우리는 또 우리 모두의 삶을 대신 사는 것이 아닐까…… 다만 거리가 존재하고 역할이 다르며, 손과 발이 다른 것처럼 중력도 다르게 받고 반응도 다르고 경험과 꿈도, 욕망도 다른 것이 아닐까. 이렇게도 삶이 아득하고 마음이 아프도록 검고, 나와 세계의 막은 찢어질 듯 얇게만 느껴지니, 나는 이 생명체의 어느 부분일까. 가장 어둡고 깊고 예민하고 복잡한, 점막으로 이루어진 내부 장기의 일부인지도 모른다.

하지만 이런 생각은 그래서 어쨌다는 건지 결론을 내릴 수 없을 정도로 복잡하다. 우리의 의식과 감각을 초월하는 문제니까. 살려고 하는 의지 때문에, 다른 살려고 하는 의지를 방해하지는 않아야 한다는 각성이 뒤따르는 정도이다.

그러니 나에 대해 스스로도 규정할 수 없다. 차라리 나를 설명하기 위해서는 혈액형이나 별자리, 혹은 어린 시절의 사소한 도벽과 잠에 관한 도취, 그리고 누군가가 나를 모딜리아니 그림 속 여자인 잔 에뷔테른과 닮았다고 한 것이 도움이 될 것이다.

'당신처럼 꿈꾸고 생각하는 사람은 별로 없습니다. 그래서 행동을 망설이게 되고 불안해합니다. 하지만 그런 몽상성과 비현실성이 진정한 당신입니다. 그래서 당신은 독창적인 삶을 살게 됩니다. 언제나 당신의 몫은 존재합니다. 당신을 믿으세요.'

그것은 잡지에서 오려낸 7월의 별자리점이었다. 나는 그것을 일기장에 꽂아두었다.

*

"연극이 하고 싶었니?"

상경이 건성으로 물었다. 나는 고개를 저었다. 우리는 연습을 끝내고 '망각의 걸상'에 앉아 있었다. 벽에는 고흐의 〈노란 벽의 방〉이 걸려 있고 그림 속에도 걸상이 하나 놓여 있었다. 고흐로 인해 카드뮴옐로는 광기의 색이 되었다. 모든 광기가 그렇듯 고흐의 옐로는 불투명하다. 출구 없는 고통이 야기한 혼란의 손질처럼 무수히 덧칠되어 색 자체가 통증의 물증처럼 두껍다. 그러나 얼마나 집요하고 냉철한 혼란인지, 그처럼 두터우면서 역설적으로 신비하도록 투명하다.

선택한 것은 아니었겠지만, 고흐는 고통을 양식으로 예술혼의 상징이 되었다. 아무튼 자신의 운명에 열렬하게 충실했던 것이다.

"아무것도."

"아무것도, 라니?"

"뭘 하고 싶은지 모르겠어. 그냥 초조해."

상경과 영신이 그에 대해 생각해보자는 얼굴로 고개를 끄덕였다.

"우린 다들 초조해서 무언가를 하지. 심심해서인가, 심심함이 불편해서인가, 아니면 초조는 심심함과는 전혀 다른 종류의 상태인가……"

영신이 말하자 상경이 담배연기를 하얗게 피워내고 덧붙였다.

"심심한 것과 초조한 건 달라. 초조한 건 말이야, 막연한 무위가 아니고 뭔가 해내야 할 일에 대한 강박증이거든. 어쩌면 미경험의 처녀이기 때문이 아닐까, 초조한 건."

나는 당황해 얼굴이 달아올랐다.

"그렇지? 미경험?"

상경이 짓궂게 굴었다. 나는 그만 하자는 뜻으로 손을 저었다. 상경이 전혀 신경 쓰지 않는 얼굴로 계속했다.

"무슨 일이 일어날 것만 같고, 혹은 무슨 일이든 일어나야 할 것만 같거든…… 하지만 정확하게 말하면 경험을 했다 해도 마찬가지야. 초조함에서 벗어나기 위해 경험을 해버리지만 여전히 초조해. 첫 경험 뒤엔 다음 경험이 기다리고 있으니까. 이 초조함이 언제 끝날까?"

"결혼하면 끝나지 않을까?"

영신이 말했다.

"폐경기가 와야 끝날걸."

상경이 자신 있게 말했다.

"맙소사…… 어쨌든 죽으면 끝나겠지."

영신이 결론을 내렸다.

"난 최근에 사람이 떨어지는 것을 본 적이 있어."

상경이 불쑥 말했다.

"언니네 아파트에서 빨래를 널려고 베란다에 나갔는데 한 여자가 눈앞에서 떨어지는 거야. 사람이 무게 때문에 순식간에 쿵 하고 떨어질 것 같지? 그런데 아니야. 내다보니까, 꼭 펼쳐진 빨래처럼 너풀거리며 공중에서 잠시 떠도는 거야. 그리고……"

상경이 띄엄띄엄 중얼거렸다.

"그 여잔 바닥에 떨어진 게 아니라 아파트 쇠울타리에

떨어졌어. 끝이 뾰족뾰족한 울타리 말이야. 배가 꽂혀 찢어졌어. 내장이 막 흘러나오고 살점이 튀어오르고 피가 솟구치고…… 참사였어."

할머니가 생각나 가슴이 조였다.

"죽으면 어떻게 될까…… 환생…… 그런 게 있을까……"

"에너지 보존의 법칙에 따라 무언가가 있긴 하겠지. 하지만 우리가 기억 못 하는 걸 보면 있다 해도 우리와 상관은 없는 일 아니겠니?"

고리타분한 질문이라는 표정으로 무성의하게 대답한 상경은 영신과 함께 담배에 불을 붙였다. 그리고 나에게 피우겠느냐고 물었다. 나는 고개를 저었다.

"수련아, 지구상의 사람들 육십오 퍼센트가 환생을 믿는단다. 누가 그러는데, 살아생전 자기가 가장 사랑했던 사람의 얼굴로 다시 태어난다는구나. 그러니까, 지금의 얼굴은 전생에 가장 사랑했던 사람의 얼굴인 거야."

아까부터 카운터에 걸터앉아 팔꿈치를 세우고 두 손으로 얼굴을 싸안고 있던 마담이 말했다.

"피, 거짓말…… 아무도 사랑하지 않으면요?"

"그러면 다시는 안 태어나지."

상경이 혀를 내밀었다. 마담은 상경에게는 무관심한 채

잠시 나를 바라보았다. 나도 마담처럼 팔꿈치를 세우고 두 손으로 얼굴을 싸안았다. 그럴 수 있겠다…… 그럴 수 있지…… 얼마나 애태웠으면 사랑하는 사람의 얼굴로 태어날까…… 문득 눈앞이 환하게 밝아졌다. 마담이 희미하게 웃었다.

*

처음 얼마간 옴 명상과 요가체조, 발성 연습과 신체표현 연습이 끝나면 해경은 나의 입에 볼펜을 끼워주었다. '어' 와 '으' 발음 교정에 즉효라고 했다. 나는 개가 뼈다귀를 물듯 볼펜을 물고 대사를 읽었다. 혀를 앞으로 밀며 들어올린다고 의식하고 '어' 발음을 하고 혀를 안으로 당기며 으깨듯이 누른다고 의식하고 '으'를 발음해 차이를 선명하게 했다. 그리고 수시로 '내가 그린 구름 그림은 새털구름 그린 그림이고 네가 그린 구름 그림은 뭉게구름 그린 그림이다' 를 큰 소리로 반복해야 했다.

"저 여자 누구니?"

"최교수 어머니. 즉 우리 연출가 선생의 장모야. 돈 대어

주는 물주지."

"사채업자같이 생겼다."

"아마 그럴걸."

내가 묻자 상경은 뽀얗고 통통한 얼굴을 찡그리며 대답했다. 골프셔츠와 커다란 엉덩이가 끼는 바지 차림에 뭔가 잔뜩 든 것 같은 루이비통 백을 팔에 걸고 다니는 해경의 장모는 정해진 시간 없이 불쑥 들러 하루에 한 시간 정도 꼭 연습을 지켜보았다. 한 시간 내내 뭔가 의심스럽고 불편해하는 눈초리로 해경과 우리를 훑어보았는데, 연습을 지켜본다기보다 오리무중의 잣대로 심사를 하고 있는 것 같았다.

해경의 아내는 전문대학 교수라고 했다. 일본에서 몇 년 유학을 한 가정과 교수인데 그녀의 엄마가 학교 재단의 모 인사와 적지 않은 돈거래를 했다는 말도 있었다. 그녀는 오후엔 대체로 찻집에 나왔다. 물론 삼층 극장에도 수시로 들락거렸다. 체격이 크고 살도 많은 편이었다. 원색의 스마트한 옷과 터무니없이 로맨틱한 맞춤 원피스를 주로 입었다. 이따금은 화려한 꽃무늬 드레스를 입고 나왔는데, 그럴수록 손해였다. 희멀건하고 긴 얼굴과 평면적이면서 두툼한 몸매에 전혀 어울리지 않아서 포목점의 천을 둘둘 만 것 같은 모양이었기 때문이다.

그녀가 이상하게 목소리의 톤을 바꾸면서 김해경을 부를 때면 상경과 영신과 나는 몰래 혀를 내밀었다. 그녀는 돈과 사회적 지위와 교양과 윤기 나는 피부와 몸에 걸친 장식물들로 우리를 제압하려 했다. 우리에겐 가난한 실업계 야간학교의 문제아 대하듯 권위적이고 무뚝뚝했고, 심지어 때로는 알고 지낼 이유가 뭐 있겠냐는 듯이 냉담하고 무관하게 굴었다. 그러면서 유일하게 김해경에게만 커다란 몸을 비틀며 교태를 떠는 것이었다.

"연극에 대한 이해라곤 전혀 없는 여자들이야."

마리가 껌을 씹으며 동시에 담배에 불을 붙이기 위해 짙게 칠한 아이라이너와 마스카라를 드러내며 눈을 내리깔았다. 그런 때면 상업여고 졸업이 학력의 끝인 마리가 출생의 비밀이라도 얽혀 있을 것같이 도도하고 우아하고 지적으로 느껴졌다. 말하자면 공주 신분의 아기가 갑작스러운 일가의 멸망으로 함부로 시장거리에 버려져 지나가던 지게꾼이 주워다 키웠다든가 하는 아나스타샤 같은 이야기. 마리의 얼굴을 보면 무엇을 알아서가 아니라, 타고나기를 우아하고 지적으로 태어나는 사람들이 있다는 생각이 들었다.

"그런데 왜 극장을 만들고 연극 경비를 대게 되었을까? 극장과 찻집을 사위에게 내어주지 않았더라면 다달이 올라

왔을 월세를 계산하는 듯한 심술궂은 얼굴로 늘 우리를 노려 보잖아."

그런 말을 하는 순간에도 영신은 미미하게 웃고 있었다.

"그뿐이니? 우리가 먹는 지하 시장의 밥이 아까워서 안절부절못하는 게 눈에 보이는걸."

토요일이어서 공장에서 퇴근한, '간' 역을 맡은 인숙도 끼어 있었다. 그녀는 내가 상상한 대로 마르고 작은 체구에 단정한 단발머리, 그리고 윤곽이 흐린 허약한 얼굴을 갖고 있었다. 하지만 표정만은 언제나 꼿꼿하고 강단 있어 보였다.

"약속했나보지. 못생긴 여자와 결혼해주는 대신 극장도 만들어주고 찻집도 만들어주고 연극공연 경비도 대주기로. 아니면 우리 연출가 선생이 무엇 때문에 돈밖에 없는 사채업자의 말상 딸과 결혼을 했겠니?"

영신이 낮게 속삭였다. 이상한 것은 그런 상스러운 비난을 할 때도 영신은 사랑을 고백할 때처럼 달콤하고 느리게 말한다는 사실이다.

"아, 그렇다면 정말 실망이야. 목적을 위해 수단을 가리지 않는 천박한 남자라니. 더군다나 자기가 쓴 희곡을 공연하기 위해 사랑하지도 않는 여자와 한 침대를 사용하고 섹스를 하고, 눈을 맞추며 아침을 먹고, 그것도 모자라서 그녀 마미의 비위까지 맞추며 매일 얼굴을 마주하고 살아야 하는 거잖아. 비겁해."

마리가 긴 손가락 사이의 담배를 털며 가볍게 말했다.

"돈이 많기는 하니? 그 장모 돈 앞에서 부들부들 떠는 거 같더라."

인숙이 떠는 시늉을 하며 말했다.

"부자들은 원래 그래. 그러니까 돈이 많은 거야."

마리가 부자에 대해 잘 안다는 듯 거드름을 피우는 태도로 말했다.

"누구 한 사람이 늦게 와서 연습시간이 늦어지기라도 하면 마치 공장을 못 돌리는 작업반장처럼 전전긍긍이야. 우리 입에 들어가는 음식이 아깝고, 휴식을 취하는 것도 아깝고, 계단을 쿵쿵 울리며 오르내리는 것을 염치없다고 여기고, 한 달 내내 밥만 실컷 먹고 도망가버릴 무리가 아닐까 의심하는 거야."

인숙이 말하자 누구라고 할 것 없이 한마디씩 중얼거렸다.

"내색하지 않으려고 안간힘을 다하지만 우릴 놀고먹는 군식구처럼 무시하는 게 역력하잖아. 난 정말 이런 상황은 역겹고 자존심 상해."

"이 연극이 정말 무대에 올려질 거라고 믿지도 않는 거 같아. 그냥 제발 하루라도 빨리 걷어치워주었으면 하는 거 같기도 하다니까."

"하긴 희곡을 봐. 나도 확신이 안 서기는 해. 배우가 무슨 뜻인지도 모르겠는데, 연출은 설명도 해주지 않아. 내가 하는 말이 무슨 의미인지도 모르고 연기를 하자니, 장님이 된 기분이야. 그러니 그 여자들 보기엔 얼마나 미심쩍겠니?"

"너무 불편해. 제발 그 여자들 얼굴 좀 안 봤으면 좋겠어. 그렇지 않아도 거친 식당 밥이 안 넘어가려고 해."

마리가 종이에 껌을 뱉어 꼼꼼하게 싸며 느린 신음 소리를 냈다. 나 역시 김해경의 아내와 장모를 보자마자 그의 생이 품고 있는 균열의 징후와 일상에서 끊임없이 발생할 깊고 검은 틈들이 눈에 보이는 듯했다. 두 여자는 내가 가장 꺼리며, 동시에 그들도 어김없이 나를 견제하는 그런 여자들의 표정을 가지고 있었다. 오랫동안 흔들려본 적 없고 위협받아본 적도 없는 굳은 살덩이에 불과한 의식과 그림자나 울림이 없는 경박하고 공격적인 태도. 그리고 자기 만족에서 오는 값싼 오만과, 자기도 모르게, 보는 것만으로도 상대에게 무례를 범하게 마련인 계산적이고 뻔뻔스러운 눈길. 나는 그런 여자들을 무서워했고 마음 깊은 곳에서는 쉽게 경멸했다.

*

어둑한 방 안에 혼자 누워 있으면, 내 생애를 통해 더이상 달리 이루어야 할 일이 없는 것 같은 안도감이 온몸에 번졌다. 생의 궁극이 그것인 것처럼. 오전 내내 엎드려 노트에 무언가를 쓰고 전날 사온 책을 읽고, 사람들이 했던 이해할 수 없던 말을 떠올리고 그리고 나의 눈에 잡힌 여러 가지 장면들과 풍경들을 몇 번이나 되새기며 숨은 의미를 더듬어보았다. 아무에게도 방해받지 않고, 나는 자신과 함께 존재했다. 안심하고 일기를 썼고, 터무니없는 공상을 했으며, 서점의 잡지책에서 베껴온 시를 외웠다.

나의 방이 생겼다고 해서 하루하루 별스러운 일이 생긴 것은 아니었다. 새벽까지 책을 읽고 정오까지 잠을 자도 문제가 없었으며 조용한 가운데 꼼짝도 하지 않고 다섯 시간쯤 보내도 상관없는 그 정도였다. 물론 일기장을 가방에 넣고 다니지 않아도 되었고, '망각의 걸상'에서 어정거리다가 바닥 청소와 주방 정리까지 도와주고 아주 늦게 들어와도 문제될 것이 없었다. 뒷정리를 도와준 대가로 마담이 간간이 용

돈을 주었다.

오전에는 도서관에 가서 책을 대출하거나 신문을 넘겨보고, 조금 일찍 시내에 나가 영화를 한 편 볼 때도 있었다. 공연히 상점들을 기웃거리며 거리를 걷거나, 어두운 찻집에서 일기장에 뭔가를 써넣거나 버스를 타고 멀리 유원지까지 가서 오렌지색 시럽이 잔뜩 든 팥빙수와 핫도그를 먹고 걸어서 돌아오기도 했다.

어쩌면 그즈음 내가 가장 좋아한 건 길이었다. 유원지의 맑고 한적한 길과 대형 트럭과 버스들이 달리는, 플라타너스 가로수의 잎사귀가 공해에 검게 찌든 간선도로들, 좁고 긴 시장길들, 오르막인 도시 언덕길, 길고 좁다란 골목길들, 변두리 어촌에서 바다로 가는 쇠똥이 퍼져 있는 뙤약볕 아래의 누런 흙길, 조개껍질들이 하얗게 띠를 두른 해변 모래길, 철길을 따라 나 있는 도시의 뒷길이나 높은 축대 위의 길, 화장터에 이르는 무덤 사이의 길, 계곡과 하천을 따라가는 길들과 시외버스에서 내려 무턱대고 걷게 되는 낯선 소읍의 단층 상점거리들……

세상에서 가장 관대한 것은 길이었다. 그것은 공기와 같이 지불을 청구하지 않았다. 길은 강처럼 이것과 저것 사이에 나 있었고, 나는 가끔 길과 강을 혼동해 도심의 거리 한가운데서도 소용돌이치는 물결에 떠내려가는 사람처럼 허우적거렸다.

어느 날은 처음 지나는 동네의 좁은 언덕길에서 낯익은 노래를 듣고 귀를 바짝 기울이며 따라갔었다. 〈춘향가〉 중의 사랑타령이었다. 창법과 목청이 할머니의 친구였던 전주 할머니와 놀라울 정도로 비슷했다. 이상할 정도로 정직하고 겸손한 분별력과 꼭꼭 억누른 한과 한 생을 함께 흘러온 유장한 애가 뼛속까지 서린 목청이었다.

전주 할머니는 마지막까지 살아 있었던 할머니의 친구였다. 할머니는 여든한 살이고 칠 년 전에 마지막 친구를 잃었다. 전주 할머니는 두 달에 한 번쯤 장구를 들고 할머니를 찾아와 〈심청가〉와 〈수궁가〉 〈춘향가〉 〈회심가〉 같은 것을 불렀다. 그리고 할머니가 조르면 마지못해하며 〈진주 난봉가〉와 〈밀양 아리랑〉 같은 민요도 불러주었다. 마지막 왔을 때는 쪽 졌던 머리를 누구에게 잘린 듯 댕강 자르고 왔었다. 흰 비단실처럼 온통 새하얀 머리카락이었다.

전주 할머니가 온 날은 가까운 마을에 사는 할머니들이 서넛 모였었는데, 장구 소리가 좋아 나도 끼어앉곤 했었다. 할머니들은 속주머니에서 숨겨두었던 박하사탕을 내어주거나 사이다를 사먹으라고 돈을 쥐어주며 그 꺼칠하고 따뜻한

가죽 같은 손으로 내 얼굴을 쓰다듬었었다. 할머니는 밭농사를 짓고 변소간 곁 우리에 돼지를 세 마리나 키웠었다. 사료를 거의 쓰지 않고 이웃 부엌에서 나온 음식 찌꺼기를 모아서 먹였을 정도로 할머닌 부지런했다. 종일 꿀꿀거리던 힘세고 검은 돼지들도 자유에의 갈구가 있는지 늘 우리를 돌며 탈출하기 위해 암중모색했었다. 이따금 문을 밀어올리고 돼지들이 마당으로 나오면 온 식구들이 둥근 정원가를 돌며 돼지를 모느라 한바탕 난리가 일어나곤 했었다. 돼지 한 마리가 방 안으로 튀어들어가 장식장 다리를 부러뜨려 텔레비전이 떨어진 적도 있었고 고추밭을 짓밟아 고추 모종을 완전히 두 번 한 적도 있었다.

번번이 탈출에 실패해 다시 우리에 갇혔고 때가 되면 교미를 했고 또 어느 날은 커다란 짐자전거 뒤에 묶여 꽥꽥거리며 도살장으로 갔지만 그래도 할머니의 돼지들은 행복했을 것이다. 할머니는 돼지들에게도 우리에게 하듯, 내 새끼들이라고 불렀기 때문이다.

〈춘향가〉는 끝도 없이 계속되었다. 아마도 세 사람쯤의 할머니가 집 안에 있는 것 같았다. 방충망 너머로 보이는 현관에 흰 고무신 두 켤레와 앞이 막힌 파란 플라스틱 슬리퍼가 놓여 있었다. 대문도 없이 새시로 출입구를 덧댄 낮은 연립주택의 방충망에 귀를 대고 앉아 그날은 잠시 나를 잊어버렸다. 노래가 계속되는 한은 나의 숨을 할머니가 대신 쉬는 것 같았다. 그렇게 편안했다. 탯줄에 숨을 맡긴 뱃속에서처럼…… 중학교 1학년 여름방학중에 할머니와 양산 하나를 쓰고 오래 걸어가 산 고개 넘어 혼자 산다는 할머니의 친구 집에 간 적이 있었다. 오전부터 불볕인 더위에 땀을 흘리며 도착한 집은 비어 있었다. 할머니의 풀 먹인 저고리와 가제 수건이 푹 젖었을 정도였다. 방문은 자물쇠로 잠겨 있고 장독간 곁 포도나무 넝쿨을 올린 서늘한 그늘 아래에 평상이 있었다. 할머니와 나는 부엌에서 물을 한 그릇씩 마신 뒤 미지근한 수돗물로 얼굴과 발을 씻고 젖은 그대로 평상에 누웠다. 벌이 붕붕거리는 소리와 여름새의 목쉰 울음소리와 산그늘에서 불어오는 청량한 바람이 꿈과 현실 속을 들락거렸다. 한나절 자고 일어나 마루 벽에 걸린 시계를 보니 늦은 오후였다. 할머니와 나는 또 물을 한 그릇씩 마시고 갔던 길을 되짚어 돌아왔다. 다음날 할머니는 그 집에 또 가야 했다. 딸집에 다녀온 그 집 할머니가 밤 사이에 죽었기 때문이었다. 할머니는 소식을 듣고도 꼭 전날처럼 아무 표정도 없이 집을 나섰다. 늙은이가 죽었을 때는 호들갑 떠는 법이 아니라고.

할머니는 그렇게 나간 뒤로 나에게서 잊혀졌다. 할머니가 돌아오던 모습도 떠오르지 않고 그 이후로 어떤 모습으로 살았는지도 기억나지 않는다. 내가 멀어진 건 아마도 할머니 주변이 더이상 재미있지 않고 새로운 화제도 없고 밋밋하기만 했기 때문일 것이다. 할머니는 늘 꼼지락거렸지만 하나마나 한 일을 하고 있었고 매일 그날이 그날 같았고 나에게 줄 것이 아무것도 없었으며 나와 나눌 이야깃거리도 없었고 늘 여기저기를 조금씩 앓았다. 같은 집에 살고 있었는데도 나와 영영 어긋나버렸던 것이다. 성장과 노화의 거리는 발바닥과 정수리처럼 어떤 접점도 없으며 서로 하소연할 수 없도록 고독하고 비밀스러웠다.

*

김해경은 발성을 가장 강조했다. 무대 배우는 표정보다 발성이 우선이라는 것이었다. 우리는 연습을 시작할 때마다 얼굴을 구기고 당기며 야수처럼 소리를 내질렀다.

7월 초에 나의 목소리가 적어도 네 배쯤은 커졌을 즈음 극장 주소로 짧은 엽서가 왔다. 성재였다.

비가 내리지 않는 날은 마을에서 떨어진 한갓진 해변에 나가 연습을 실컷 한다. 이곳에 온 뒤로 소리들이 더욱 좋아진다. 장구, 피리, 대금, 해금, 북…… 특히 장구 소리. 마당극에서는 꽹과리가 가장 역할이 큰 소리지만 겨울 전수회 땐 그것과 상관없이 장구를 꼭 배우고 싶다. 이곳엔 학춤 예능보유자인 인간문화재가 계셔서 우린 틈틈이 팔을 활짝 벌리고 춤을 배우기도 한다. 바닷가에서 추는 학춤은 정말 멋스럽다. 우린 깃털 빠진 학처럼 엉거주춤 흉내만 내는 것이지만. 그 외에도 이곳 전수관엔 탈을 만드는 예능보유자들과 전국의 판소리 명인들이 예사로이 모여들어 나를 흥분시킨다. 오광대 기능보유자 분들인 말뚝이 역의 조용배님과 탈 제작하시는 허종복님, 큰어미 역을 하시는 허현도님, 악사이신 이윤순님도 직접 만나뵈었다. 정말 완전하고 근사한 남도의 나날이야. 나를 이곳에 데리고 와준 선배들이 고마울 뿐이지. 덕분에 부엌일, 솥 씻고 밥하는 일은 기꺼이 내가 도맡아 해.

그리고 우린 틈틈이 이곳 민요도 수집하고 있어. 최근에 우리가 녹취한 민요를 다음에 들려줄게. 굉장히 재미있거든.

여배우께서는 연습 잘되고 있는지? 낯선 곳에서 지내

는 밤이 불편하지는 않은지, '어'와 '으' 발음의 차별화에는 성공했는지 여러 가지 궁금하다. 그리고, 네 눈빛이 그립다. 밥 잘 챙겨먹고, 단원들에게 인사 잘하고, 잘 때는 덥더라도 이불 차지 말고 배를 잘 덮고 자라. 안녕.

성재는 엽서가 도착한 날로부터 일 주일 뒤에 돌아왔다. 갑자기 아지트를 옮겨야 했기 때문이라고 했다.

"이번엔 경찰서 윗동네야. 등잔 밑이 어둡다고, 우리가 자기네들 머리 꼭대기로 옮겼을 줄은 상상도 못 할 거다."

그들은 그곳에서 노동자 몇을 학습시키고, 토론을 하기도 하고, 연락을 주고받기도 했고, 일정 기간 동안 돌아가며 생활을 하기도 했다. 그런 때였다. 남자애들이 김지하와 레닌과 체 게바라에 열광해 있었고 대학생과 노동자가 동지가 되려 했고 아무도 모르게 〈스텐카라친〉과 〈금관의 예수〉 같은 노래들이 지하를 흘러다니고 있었다.

휴식시간을 틈타 극장에 들른 성재와 밖으로 나갔다. 시장을 통과하는 이차선 도로를 횡단했고, 계속 내려가서 육차선 도로도 횡단했다. 그리고 갑자기 생선회를 파는 좁은 길로 들어섰다. 두 사람이 나란히 걸을 수 없을 만큼 좁은 길

양편엔 산소 호스가 든 고무 물통에 횟감이 될 생선들이 담겨 있고 뚱뚱한 여자들이 커다란 나무둥치를 도마 삼아 잘 간 칼을 들고 앉아 생선을 썰고 있었다. 진열된 생선회는 알전구 빛을 받아 신선도를 구분할 수가 없었다. 살이 저며져 나가고 머리와 뼈와 지느러미와 꼬리만 남은 생선들이 피가 고인 양철 물통에 내던져진 뒤에도 이따금 꼬리를 쳐 화들짝 놀라게 했다.

발을 내딛을 때마다 여자들은 생선회를 먹고 가라고 거칠고 사나운 목소리로 호객을 했고, 맞은편에서 오는 사람들을 피해 빠져나가느라 나는 아무 생각도 할 수가 없었다. 길바닥은 절벅거릴 만큼 젖어 있었다. 우리는 조개와 새우전이 이어진 난전을 지나 수협공판장과 얼음공장 사이 골목으로 들어갔다.

그러자 바다였다. 태평양으로 이어져, 언젠가는 꼭 가보고 싶은 칠레와 페루의 해안까지 가 닿은 거의 무한에 가까운 푸른 침묵이 보였다. 태평양을 건너는 데 몇 년이나 걸릴까…… 태평양의 바닷물은 몇 톤쯤 될까…… 아무 숫자도 떠오르지 않고 막막했다. 어쨌거나 태평양의 극동지역 한 해안엔 고기잡이배들이 묶여 있고 시멘트 방파제가 바다를 향해 구십 미터 정도 뻗어 있었다. 오른편으로는 문짝과 지붕,

창문과 심지어 벽까지도 주워다 엮은 것 같은 빈민가와 쓰레기가 널린 공터가 이어졌다. 그곳은 숨죽인 듯 고요했고 집집마다 넝쿨장미나 협죽도나 해바라기가 자라고 있었다.

개 한 마리조차 지나가지 않았다. 저곳엔 누가 살까, 라고 묻자 성재가 대답했다. 종이 줍는 노파들이나 다리가 없는 구걸하는 사내들, 오토바이를 타고 횟집을 돌아다니며 칼을 갈아주는 남자나 늙어버린 창녀들이 사는 곳이라고. 그 집들의 위쪽 구역은 작은 창고들이 줄을 이은 철물공장 거리였고 그 위쪽 구역은 사창가였다. 김해경이 자랐다는 창녀촌이 바로 그 동네일 것이다.

나는 그곳 바다에 닿을 때마다 늘 이상한 기분이 들었다. 그곳 바다의 입구는 도시의 갈라진 틈새처럼 존재하고 있었다. 터럭으로 덮인 도시의 음부처럼. 위험하고 어둡고 퇴폐적이며 음란하고 그 벌처럼 지겹도록 가난한 선창 구역. 나같이 평범한 여자애들은 대부분 바다에 이르는 길을 모른 채 자라났다.

하지만 나와 같은 여자애가 자라서 바다를 좋아하는 남자애를 알게 되면 이야기가 달라진다. 마치 성인식의 통과의례처럼 도심의 미로 속에 숨겨져 있는 수협공판장과 얼음공장 사이의 틈을 유유히 지난다. 그리고 오색빛 기름이 번들거리는 우범지역 같은 붉은 바다를 경험한다. 세상의 무지개들이 모두 그 바다에 빠져 흐물흐물 썩어가고 있는 것만 같다. 다시는 무지개 같은 건 떠오르지 않는다고 말하는 기름진 바다. 그리고 무지개가 떠오르지 않는 이상 세상 누구의 가슴도 설레지 않을 것이다.

괭이갈매기가 짐승 소리를 내며 바다 표면에서 물고기를 낚아채 올라가는 모습과 잊혀진 듯한 붉은 등대와 인근 도서지역을 느리게 지나다니는 페인트칠이 벗겨진 낡은 여객선들…… 그런 풍경을 보면 내가 미처 시작하기도 전에 생이 너무 낡아버렸다는 느낌이 든다. 모든 의욕이 바다 위의 허공으로 나른하고 막막하게 휘발된다.

"삶을 생각하면 언제나 불길한 예감이 들어…… 나를 녹여버릴 화학물질의 냄새가 나…… 새로운 세계에 가고 싶어. 아주 새로운 세계, 완전히 새로운 세계에 나를 이식하는 거야. 그전엔 씨앗처럼 흙 속에 웅크리고 숨을 거야. 삶을 시작하지 않을 거야."

나는 깃발을 공중에 흔드는 기분으로 중얼거렸다.

"넌 나쁜 꿈을 꾸고 있어. 세계는 언제든 나와 너 자신과 함께 바로 이곳에서 새로워질 수 있어. 그걸 위해 우린 싸우는 거지. 그건 새로운 세대의 강박증이지만 청춘의 정의이고 세계에 대한 청춘의 예절이기도 해."

말은 청춘 선언처럼 확고했지만 성재의 눈은, 하지만 이건 이론일 뿐이야, 라는 듯 연약하게 흔들렸다. 그러자 우리가 정신적인 남매인 것 같은 동질성이 와락 느껴졌다. 변화란 늘 걸음이 느려서 미래는 영원히 현재가 되지 않는다. 그러니 새로운 미래는 꼭 한 발 뒤에서 어른대며 생과 술래잡기를 하려 할 것이다.

바다에서는 상해가는 조개류 냄새가 지나가고 미미한 해초류 냄새와 생선 냄새와 녹냄새가 났다. 녹냄새는 피비린내와 비슷했다. 바다의 색도 그 정도였다. 공단지역에서 아무런 조치도 없이 방출되는 폐수로 녹이 슬어버린 바다…… 부두에 묶여 있는 모든 배들의 밑창이 바다의 송곳니에 뜯기고 있을 것이다. 방파제엔 늘 습기찬 바람이 불었다. 십일층 아파트만큼이나 큰, 아주 커다란 커튼들이 다 마르지 않은 채 펄럭거리는 듯하다.

'얼마나 먼길을 헤매야 소년들은 어른이 되나- 얼마나 먼 바다를 건너야 갈매기는 쉴 수 있나-얼마나 긴 세월을 흘러야 사람들은 자유를 얻나- 친구야 묻지 마라 바람만이 아는 대답을……'

스무 살이란 원래 막막하라고 있는 나이 같았다. 확실한 건 아무것도 하지 말라고 있는 나이…… 어른들은 습관과 의무 속에서 살고 아이들은 충동과 잔소리 속에서 살며 나는 몽상과 도주의 욕망 속에서 살아가는 것 같았다.

"넌 뭐가 되고 싶니?"

성재가 물었다.

"몰라. 하지만 뭔가 특별한 것이 되고 싶어……"

"넌 빛나는 사람이 되고 싶은 거구나."

"아니야, 대단한 게 되려는 건 아니고 나를 발견하고 싶은 거지. 내 속의 나를 꺼내고 싶은 거야."

"난 이상해. 내 의지와 달리 본성 속엔 오히려 묻히고 싶어하는 의지가 있거든."

"숨어서 사는 사람?"

"모르지. 산 속에서 버섯 키우거나, 바닷가에서 찻집을 하는 수도 있지, 높은 산에서 산장을 할 수도 있고."

"아무것도 되지 않으면 되는 일이네."

"그렇지."

나는 그런 남자와 함께 사는 모습을 잠시 상상했다. 가난하고 단순하고 로맨틱할 것 같았다. 가난한 집 사람들이 흔히 그렇듯 나는 날마다 빨래를 긴 줄 가득 널 것이다. 환한 햇빛 속에서 풀 먹인 빨래들은 빵냄새를 풍기며 바삭바삭 마르겠지……

시간이 되어 방파제를 떠날 때 나는 성재의 입술에 나의 입술을 포갰다. 성재는 가만히 있었다. 혀로 입술을 밀고 들어가니 뜨거운 물로 씻은 수건 냄새가 났다. 나는 두 팔로 성재의 등을 꼭 끌어안았다. 리딩 연습을 할 때처럼 전혀 감정의 노출 없이 분명한 발음에 집중하듯 확실한 동작으로. 그러자 나의 아랫배에 무언가가 닿았다. 내가 놀란 것은 그것이 분명 스스로 몸을 일으키고 나를 찔렀기 때문이었다. 성재는 이내 몸을 떼어냈다. 그의 얼굴이 붉게 달아올라 있었다.

"아무것도 되지 않아도 사랑을 주고받을 수는 있을 거야."

성재는 전혀 믿지 않는 표정이었다.

"그럴까? 사랑은 순교를 요구할 것만 같은데."

"넌 생각이 너무 깊고 멀어. 왜 그렇게 끝까지 생각하니?"

"우리집 내력이야."

그는 피식 웃었다. 시장을 거슬러올라와 극장 앞에서 헤어져 계단을 올라올 때에도 아랫배를 밀던 말랑하고 단단한 감촉이 여전히 나를 간질였다. 초조한 이유, 상경의 말이 맞는 것 같았다. 오후 세시의 공기 속에는 조숙한 소녀들의 기도가 들린다. 주여, 무슨 일이든 생기게 해주세요. 어디로든 나를 데려가주세요……

그날 밤 할머니에 관한 이상한 꿈을 꾸었다.

낯선 할머니가 우리 속에 갇혀 있었다. 분명 가축이었으나 분명 할머니이기도 한 그 이상한 존재는 몸을 떨며 간절한 표정으로 호소했다. 추워, 너무 추워……

꿈속에서도 나는 할머니가 그곳에 유기된 것에 대해서나 말라붙은 사료통에 대해서 불평하지 않는 것이 의아했다. 배는 고프지 않은 걸까. 겹쳐입거나 기워입은 옷차림이었지만 깨끗하긴 했다. 순간 할머니의 옷이 갈라지며 그 속에서 고양이가 홀연히 나왔다. 나는 고양이가 빠져나온 갈라진 틈을 보았다. 닭껍질처럼 축축 늘어진 피부 위에 목과 가슴과 옆구리와 엉덩이로 먹물을 칠한 듯한 검은 점이 있었다. 내가 보고 있는 동안 검은 얼룩은 점점 더 커지고 살아 있는 물체처럼 피부 깊숙이 파고들었다. 얼룩에 덮이는 할머니의 몸이 개구리나 오리 같다는 느낌이 들었다. 말하자면 검은 얼룩이 숨을 쉬며 할머니를 잠식하는 동안 손가락과 발가락 사이에 물갈퀴들이 생겨나고 있을 것 같은 미끄럽고 축축한 느낌……

할머니는 방이 그립다고, 춥다고 계속 호소했다. 서리가 내리는 철이니 밤이면 얼마나 춥겠는가…… 꿈속의 밤은 서리가 내리는 초겨울이었다. 하지만 방법은 없었다. 할머니는 사람이 아니라 가축이었다. 할머니 옷 속으로 고양이가 다시 홀연히 들어갔다. 할머니의 옷이 닫히고 얼룩은 가려졌다. 련아, 련아…… 할머니가 내 이름을 불렀다. 그러자 모르는 할머니는 사라지고 그 자리에 누런 무명 저고리와 치마만 남았다.

어린 시절 우리는 무엇을 보는 것일까. 엄마 아버지와 살지 못하고 할머니에게 맡겨졌던 어린 시절에 나는 할머니가 아니라 할머니의 누런 무명 치마저고리를 할머니로 느끼며 자랐다.

할머니는 일상적으로 낡고 누런 목면 치마저고리를 입고 살았고, 비녀를 찔렀으며 박바가지를 사용했다. 고무신을 신었고 밥을 짓기 위해 마을 우물엘 다녔고, 뒷산 나무 갈퀴를 쓸어와 아궁이에 불을 땠다. 나는 할머니 등에 업혀 있거나 할머니의 치마꼬리를 쥐고 개울이나 우물가나 들판의 밭두렁이나 험한 산을 따라다녔다. 밥이 아니라 할머니의 시큰한 살비듬 냄새를 먹고 자란 기분이다.

할머니의 얼굴을 알게 된 것이나, 키가 얼마나 큰지 알게 된 건 한참이나 더 자란 후였을 것 같다. 오히려 촉감이나 냄새, 음성과 땀의 맛과 본능으로 할머니를 알고 있었던 것이다. 그리고 할머니가 숟가락으로 떠먹여준 한겨울 살짝 언 홍시의 맑은 맛과 무딘 칼로 잘라준 언 고구마의 시린 단맛, 물이 줄줄 흐르는 가을배 맛과 여름의 살진 감자 맛과 초겨울의 아린 무의 맛으로 할머니를 기억하고 있었다. 말하자면 어린 시절의 할머니는 육체를 가진 사람이라기보다는 물이나 불, 공기와 햇빛, 맛과 냄새같이 형태를 넘어선 자연적 존재였던 것이다.

다섯 살 무렵 동전을 가지고 놀다가 삼켜버린 적이 있었다. 사촌오빠는 넌 쇠를 삼켰으니 이제 곧 죽는다고 겁을 주었다. 나는 무서워서 저녁 나절 내내 마루 끝에 걸터앉아 하늘바라기를 하며 울었다. 울다가 모로 쓰러져 잠이 들었는데 다음날 이른 아침 방 안에서 눈을 떴다. 할머니가 나를 업고 나가 무꽃이 가득 핀 밭가에 똥을 누게 했다. 똥을 누는 동안 흰나비 세 마리가 무엇을 찾는 듯 아른아른 무꽃 위를 옮겨 다녔다. 나비의 날개가 너무 희고 가벼워서 동그랗게 오려낸 흰 비단 조각들이 팔랑이는 듯했다. 무꽃은 아직 잠에서 깨지 않은 것 같았다.

한참이나 지난 뒤에 내가 일어서자 할머니는 똥 앞에 바짝 다가앉아 꼬챙이로 살살 파헤쳤다. 그럼, 그럼, 여깄구나. 우리 강아지 똥구멍으로 돈을 쏙 누었구나. 할머니는 동전을 손으로 냉큼 집어들고 가 곁으로 흐르는 도랑물에 씻었다. 동전은 삼킬 때와 달리 새로 찍어낸 것처럼, 안개가 걷히기 시작한 이른 아침 공기 속에서 반짝거렸다. 나는 충격 속에서 입으로부터 항문까지의 육체적 통로를 처음으로 인식했다. 그것은 내가 겪은 최초의 육체적 사건이었다.

다음날 오전에는 시장을 배회했다. 시장은 늘 나에겐 낯선 곳이었고, 가격도 질도 장사꾼의 말도 얼굴도 믿지 못할 장소였다. 공허한 흥분과 불안, 튀어나올 것만 같은 폭력의 기운과 우울과 침체, 어둠과 근심과 망각과 부재가 더럽고 낮은 좌판에 놓인, 유통기간 지난 싸구려 물건들처럼 뒤엉켜 있었다.

가난과 일상의 소동과 애정결핍에 시달리는 아이 업은 여자와 해묵은 관절염과 케케묵은 빈곤과 결코 습관이 되지 않는 외로움에 시달리는 늙은 여자, 오전부터 술에 취한 검붉은 피부색의 조출한 남자, 사납고 정나미 없이 호객을 하는 장사치들, 고르지 못한 바닥과 좁은 통로, 모든 시장은 서

커스 천막 무대처럼 강력한 가설로 존재한다. 어느 낯모를 혹성의 표면에 친 유목민의 텐트 같은, 그런 불안과 광막함. 시간의 거대한 추가 지나가며 황사바람을 일으키고, 그처럼 많은 가게들은 소리를 죽인 화면 속을 흘러가는 찬란한 관념과 같이 현기증을 불러일으킨다.

뿔뿔이 흩어져서 고독하고 고단하게 번 낡은 돈을 들고 시장으로 모이는 사람들, 시장에서 더 낮은 좌판에서 더 값싼 물건들을 고르고 흥정하는 사람들, 시든 야채를 고르고, 너무 익은 과일을 고르고, 상해가는 생선을 담아가는 사람들, 피부를 따갑게 하는 뻣뻣한 양말을 고르고 발을 다치게 하는 비닐신을 고르는 사람들, 그들의 흐린 눈과 아픈 등과 구멍 뚫린 호주머니와 한두 개 반찬으로 먹는 작은 저녁상과 등을 모로 세우고 자는 비좁은 잠. 얼룩에 곰팡이가 피고, 곰팡이 핀 자리가 삭고 해지고, 해진 자리에 귀신이 어리도록 고착화되는 무서운 삶……

두 시간 동안이나 몽유병자처럼 배회한 뒤 시장 입구의 학용품 도매상점 앞 공중전화에서 결국 전화를 걸었다. 엄마가 받았다.

"……련이야."

"……망할 년."

엄마는 욕을 한 뒤 공연히 기침을 했다. 간밤에 술을 마시고 소리라도 내질렀는지 목이 잔뜩 쉬어 있었다. 엄마에게선 왜 늘 짠 바다 비린내가 날까…… 몸 속에 푸른 해초즙이 가득 차 있을 것만 같다.

"아직 들어오지 마라."

화를 내는 건 아니었다. 오히려 방어적이었다. 그리고 단호했다.

"할머니 돌아가시기 전에는 들어오지 마. 들어왔다가는 아버지 손에 다리가 부러질 거다. 난 그런 난리 겪기 싫다. 이왕 이렇게 됐으니 할머니 돌아가시고 아버지 기운 한풀 꺾이거든 새어들어오듯 표나지 않게 들어와."

엄마는 푸른 수염의 아내처럼 속삭였다. 나는 고개를 끄덕였다.

"돈은 있니?"

엄마는 이제 공범자 같았다.

"……"

"없으면 화련이 편에 내보낼 테니, 지금 집 앞으로 와."

"괜찮아."

"어디 있니? 연경이네 집이니?"

엄만 연경이네 집에 있다고 믿고 있는 것 같았다.

"선배 집. 잘 있어."

"그렇겠지. 난 걱정도 안 했다."

엄마는 칼칼하게 말하면서 뭉클한 뜻을 전하는 묘법을 사용했다.

"할머니는 어때?"

"곧 돌아가실 것 같다. 장례식 놓치지 않게 한 번씩 전화는 해. 허튼 짓 말고, 몸조심하고. 어른들께 예의 바르게 해."

"미안해, 엄마."

"그럴 거 없다. 어차피 바깥에 송곳 꽂을 자리라도 있으면 올 여름 동안 널 집에서 내보내고 싶었다. 선배 집에 있다니, 잘됐다."

엄마의 말끝이 흐려졌다. 그러자, 시장에서 살찐 중년 여자와 부딪혔을 때처럼 뭉클한 살의 떨림이 느껴졌다. 그리고 살냄새와 뒤섞인 행주와 김치와 된장 냄새…… 엄마가 관대해지는 때를 나는 잘 알고 있었다. 그것은 생을 포기해버리는 순간이었다. 나를 잡아먹으라고 짐승의 아가리에 머리를 내밀어버렸을 때, 엄마는 문득 평온하고 따스했다. 그런 공양이 생을 잔잔하고 가지런하게 펴는 본질인 것처럼. 하지만 언제 히스테릭하게 뒤집어질지 모를 단말마의 평온이었다.

*

리딩을 끝내고 처음으로 무대에 서서 연습을 시작했다. 물론 각자 대본을 한 손에 들고 틈틈이 읽으면서. 배우들은 자신의 대사에 맞는 동작을 표현해야 했다. 그러나 무대에 선 첫 느낌은 팔도 다리도, 그러니까 몸 자체가 처치 곤란이라는 것이었다. 특히 내 몸은 상자 속에서 언 생선처럼 굳어버렸다. 손동작은 두고라도 발조차 떼지 못할 지경이었다. 김해경은 처음으로 나에게 심각한 표정을 지었다. 그는 내 손을 잡고 무대 이리저리로 끌고 다니며 동선을 잡아주었다.

처음 무대에 선 모습을 보니 저마다 습관이 보였다. 말을 할 때 머리를 아래위로 흔드는 이2를 맡은 극회 출신 회사원 장우형, 유독 두 팔을 앞으로 내미는 동작을 반복하는 아2의 재헌, 말을 시작하기 전에 반드시 입에 침을 바르는 여2 한영…… 마리는 자신의 대사가 끝나면 어김없이 몸을 살짝 휘며 팔짱을 끼곤 했고 상경은 걸핏하면 허리 위에 양손을 올렸고 영신은 틈틈이 머리를 만졌다. 오직 나만이 아무런 습관도 없고, 아무런 동작도 없고 표정조차 없이 다만 보기 딱하도록 굳어 있었다. 해경은 나중엔 차라리 그 편이 낫다고 했다. 나쁜 습관이야말로 정말 고치기 어려운 장애물이니까.

김해경은 객석 통로에 서서 팔을 이리저리 휘두르며 지시하거나, 팔짱을 끼고 생각에 잠긴 듯 무대 위의 움직임을 주시할 때 가장 그다운 면모를 드러냈다. 갑자기 화난 얼굴로 무대 위로 올라와 배우를 이리저리 끌고 다니며 대사를 외치거나 자세를 교정해주거나 표정을 흉내낼 때면 무섭기도 했지만, 그 뒤엔 어김없이 눈을 찡긋하는 특유의 웃음으로 마무리해 긴장을 풀어주었다.

뻿뻿한 몸으로 동선을 익히느라 오후 내내 무대 위를 헤매서인지 연습 도중에 몸이 부르르 떨리더니 눈앞이 캄캄해졌다. 머리 밑이 오싹했다. 내 몸은 빈 자루처럼 스르르 주저앉아버렸다.

휴식시간을 갖고 객석 의자에 기대앉아 있는데 손가락에 담배를 끼운 마리가 물을 가지고 와 입에 대어주었다. 먼 곳에서 오는 소식 같은 희미한 통증이 간헐적으로 오고갔다. 위인지 장인지도 알 수 없었다.

마리는 꽁지 끝까지 다 피운 담배를 종이컵에 비벼 눌렀다. 그리고 조그만 손가방을 열고 다섯 종류의 껌을 꺼내더니 나에게 고르라고 했다. 세 통은 뜯지도 않은 채였다.

"웬 껌이 이렇게도 많니?"

"난 껌이 좋아. 맛도 다양하고 쉽게 구할 수 있고, 지겨우면 뱉고 얼른 다른 맛을 씹으면 되지…… 껌을 씹으면 결코 다운되지는 않아. 정말 뇌에 자극을 주어서 활력을 공급한다구. 과학적으로 입증되었어. 주의할 것은, 남자를 찰 때처럼 달라붙지 않도록 잘 싸서 버려야 한다는 거지."

그러고 보면 마리는 늘 껌을 씹고 있었다. 담배를 피울 때를 제외하고는 늘 입 속에 껌이 있었다.

"넌 뭐가 되고 싶니?"

그녀는 거리의 좌판에서 도금목걸이를 고를 때처럼 가볍게 물었다. 하지만 그런 질문은 언제나 나를 난처하게 했다.

"모르겠어. 내가 그리워하는 것이 무엇인지, 아직 나타나지 않았어. 다만 그곳으로 조금씩 나를 밀면서 가고 있는 기분…… 잘못 갈지도 모르고 못 만날지도 모르지…… 정말 그리울 뿐, 무엇인지 모르겠어. 결국 아무것도 되지 못하고, 다만 사는 것 외에는 무엇도 하지 못할 수도 있겠지."

"그래도 살아야 할까? 사는 것에 얽매여서? 삶에 빚지지 않고서야 그런 것이 가능할까?"

마리는 심술궂게 나를 조롱한 뒤 목소리를 한껏 낮추

었다.

"난 말이야, 패션 디자이너가 될 거야. 구월부터는 학원에 등록할 거야. 몇 년 후에 사람들은 내가 만든 옷과 내 얼굴을 잡지에서 보게 될 거야. 그 다음엔 밀라노나 파리에서 공부를 할 거고 십 년쯤 후엔 세계적인 패션지에도 얼굴을 내보일 거야……"

마리는 꿈이란 이렇게 꾸는 거야, 하는 식으로 오만하게 눈을 치떴다. 과연 멋진 꿈이었다. 어떻게 꿈이 생기는 것일까? 나는 작은 짐승처럼 냄새를 맡으며 그것을 찾고 있었다. 나를 이끌고 가는 유일한 실마리인 냄새, 그것은 몇 개의 단어들이었다.

"너 얼굴이 눈같이 희어!"

마리는 창백하다는 말을 그렇게 표현했다. 나는 눈을 감아버렸다. 아무래도 좀 앓아야 할 것 같았다.

"선생님, 선생님……"

마리가 김해경을 부르는 소리가 몇 겹의 벽 너머에서 들리는 것처럼 아득했다. 검은 시야 속에 할머니가 떠올랐다. 마당 가운데의 평평한 정원석 위에 한쪽 무릎을 세우고 앉아 장죽을 물고 있는 모습이었다. 척추를 꼿꼿하게 세우고 앉은 할머니 얼굴엔 곤궁한 세월의 질곡과 그 질곡을 통과해온 운명적 위엄이 동시에 서려 있었다. 아메리카 인디언과 멕시코 원주민 같은 이미지를 가진 할머니의 발등엔 고양이가 얼굴을 얹고 누워 있고 그 곁엔 적자주색 모란이 흐드러지게 피어 정원석 위에 핏방울 같은 꽃잎을 흩뜨려놓았다. 그것은 가족 사진첩에 들어 있는 스냅사진이었다.

연습은 이르게 끝나버렸다. 나를 방까지 데려다준 사람은 김해경과 최교수였다. 최교수가 마침 찻집에 와 있었고, 그녀의 승용차를 이용하게 된 것이었다. 김해경은 병원으로 가자고 권했지만 나는 완강하게 거절했다. 최교수는 미온적인 태도로 운전만 했다. 다른 생각에 빠진 것 같았다. 방에 도착해 요 위에 누웠을 때, 언뜻 최교수의 눈이 차갑게 빛났다. 그녀는 새 이불과 물건들을 휘둘러보았다.

"여기서 혼자 지내요?"

나는 고개를 끄덕였다. 최교수는 다음 순간 얼굴을 획 돌려 공포영화에 나올 것 같은 소름 끼치는 조용한 어투로 김해경에게 물었다.

"당신이 이 방을 어떻게 알아요?"

불편한 침묵이 흘렀다.

김해경이 부스럭대며 일어섰다.

"여기 와본 거죠?"

최교수는 김해경을 따라 일어서며 다그쳤다. 김해경이 문턱을 내려서 신을 신고 나갔다. 최교수는 나와 김해경 사이에서 머뭇거리더니 따라나갔다. 최교수가 뭐라고 따지는 소리가 고요한 골목길에서 희미하게 울렸다. 나는 복잡하게 생각하지는 않았다. 그가 여기 와본 것이 무슨 잘못이겠는가. 막상 그가 자신이 방을 얻어주었다고 당당하게 말 못 한 건, 결국 모든 돈이 최교수로부터 나오기 때문이었다. 그 이유로 최교수는 그 사실을 보고받지 못해 불쾌할 것이고, 같은 이유로 김해경은 의논하거나 보고하기가 싫었을 것이다.

다음날 우연히 거리에서 마주친 마리와 극장 안에 들어섰을 때 덧창도 열지 않은 어둡고 더운 실내에서 영신 혼자 담배를 피우고 있었다. 늘 입던 두 겹의 아른아른한 꽃무늬 시폰 치마를 입고 있었다. 우리가 들어섰는데도 알은체도 않고 우유곽에 담배만 한 번 털었다. 주변엔 담배연기가 자욱했다. 마리가 손으로 연기를 걷으며 물었다.

"오늘 연습 안 해요?"

영신은 고개만 살래살래 저었다. 영신의 얼굴도 나처럼 땀으로 번들거렸다. 극장엔 아직 에어컨디셔너도 설치되지 않았고 벽에 선풍기 두 대만 돌고 있을 뿐이었다.

"무슨 일 있어요?"

계속된 연습으로 목이 쉬어버렸다. 대사 양이 적은 마리를 제외하고는 영신과 상경도 마찬가지였다. 내 말에 마지못해 입을 열었다.

"연출선생님께 무슨 일이 있나봐. 한 시간 뒤로 미뤄졌어. 다른 사람들은 연락이 되었는데, 너희 둘은 전화가 없어서 못 했대."

마리는 구슬가방에서 검정색 미니 부채를 꺼내 몇 번 부치더니 숨이 막힌다는 듯 미간을 찌푸리며 말했다.

"우리 '망각의 걸상'에 가요. 담배도 편하게 피우고 피서도 하고. 여긴 냄새 밴다고 싫어하잖아."

영신은 고개를 저었다. 나도 통증 때문에 이마를 찌푸리며 고개를 저었다. 마리는 멍하니 우리를 쳐다보고 있더니 껌으로 풍선을 하나 만들어 불고는 혼자 나갔다.

"아직 얼굴이 창백해. 좀 나은 거야?"

"어딘가 아파…… 정확히 어디가 아픈지 모르겠어."

"그럴 수도 있지. 몸 속의 일이란…… 왜 병원에 가지 않니?"

영신은 무대 위에 길게 누우며 나른하게 말했다.

"그냥. 귀찮아."

나는 시장거리로 난 창틀에 올라앉으며 늘 궁금하게 여기던 질문을 했다.

"영신씨 몇 살이야?"

그녀는 대답하지 않고 두 눈을 감은 채 코를 찡그리며 살짝 웃었다. 그러자 셀 수 없을 만큼, 가늠할 수 없을 만큼 나이 많은 여자 같았다. 어떤 여자는 원래 나이가 많게 태어나는지도 모른다. 태어나기도 전에 이미 생을 알고 몇 번이라도 다시 사는 것처럼 노회하게 살아가는지도…… 그녀에 비하면 나는 아주 어린 여자로 태어난 느낌이 들었다. 쉽게 자라지도 않고 쉽게 나이 들지도 않고 도저히 나를 초대한 이 세상에 익숙해지지도 않을 것 같았다. 어린 수양버들이나 비둘기, 혹은 물고기나 고양이 같은 것이 처음으로 사람이 되어 태어난 것처럼.

"최교수와 몇 살 차이 나지 않을걸. 난 대학에 들어오기 전에 작은 오퍼상에서 경리생활을 한 삼 년 했지. 공부하느라 일 년 보냈고. 사회생활이란, 참……"

영신은 벽 쪽으로 돌아누우며 중얼거렸다. 참 역겨운 거야, 라고 한 것 같기도 하고, 참 한심한 거야, 라고 한 것 같기도 하고…… 전혀 다른 말일 수도 있었다. 예를 들면 사회생활이란 무슨 일을 하든 다분히 창녀 같은 거야……

시장 동네의 낮은 기와들과 상점들, 좁다란 길과 호객하는 상인들과 바글거리며 물건을 고르는 사람들 위로 화약 냄새 나는 새하얀 폭염이 부서져내리고 있었다. 바다조차 고열로 타오르는 사막처럼 건조하게 보였다.

뒤섞인 상인들과 행인들을 골똘하게 내려다보고 있으니 가슴이 얼얼해졌다. 누구나 구체적으로 살고 있었다. 삶을 손으로 잡고 피부로 느끼고 맛을 본다. 중력을 어깨에 지고 두 다리로 정직하게 나르며…… 나만 추상적인 삶을 살고 있는 것 같았다. 할머니는 실제로 죽어가고 있는데, 나는 죽음을 등진 채 덧없이 여름을 낭비하고 있었다. 하지만 죄책감은 달콤한 우울 정도일 뿐이었다. 실제로 할머니의 간호를 하는 일은 슬픔 같은 것과는 전혀 다른 일종의 싸움이니까.

나와는 아주 다른 착한 여자애를 상상해보았다. 그 여자애는 병든 할머니의 기저귀와 옷들을 씻어서 뜨거운 솥에 삶고 얼룩 한 점 없이 헹구어 꼭꼭 짠 다음 빨랫줄에 펴넌다. 매일 이불을 번갈아 일광욕시키고 세 번씩 방을 환기시키고 두 번씩 방바닥 걸레질을 한다. 수건을 물로 적셔 자주 할머니의 몸을 닦아주고 짧게 자른 머리카락도 감겨주고 안마를 해준다. 손톱과 발톱도 길지 않은지 점검하고 자주 깎는다. 악취가 풍기는데도 불구하고 곁에 앉아 불경을 읽어주거나 신문을 읽어주고 이런저런 바깥 이야기를 전해준다. 하루에 세 번쯤 더러운 기저귀를 차고 죽어가는 할머니를 꼭 안아준다. 할머니와 여자아이의 틈새에서 벌레가 꼬물꼬물 기어나온다……

나는 눈을 감아버렸다. 난 그렇게 할 수 없다. 구역질을 참을 수가 없다. 언젠가 아픈 할머니를 유기한 벌을 받을 것이다. 죽어가는 할머니를 버리고 도망 나와 뜻도 알 수 없는 대사들을 목이 쉬도록 외치며 온몸의 수분을 다 짜내고 있는 나…… 통증이 더 확실해졌다. 나는 가슴에 손바닥을 대고 눌렀다. 어쩌면 삶이란 꿈 따윈 없이 사는 것이 아닐까. 사는 것 자체에 빚지는 삶…… 나날이 조금씩 갚아가는 부채의 탕감에 기대어 사는 삶. 나는 집 밖에서, 세상에 없는 것을 헛되이 찾고 있는 것이 아닐까.

다음날은 폭우가 쏟아졌다. 시장길은 가판대가 철수해 텅텅 비어 있었다. 우산을 썼지만 소용없이 옷이 거의 다 젖은 상태였다. 긴소매 셔츠에 낡은 청바지와 맨발에 슬리퍼 차림이었다. 계단을 거의 다 오르니, 극장 안에서 다투는 소리가 들렸다. 극장엔 영신과 김해경의 장모와 최교수, 마리가 있었다.

"극장 안이 이게 뭐야? 온통 찌든 담배 냄새에다, 연기에 흰 벽이 그을릴 지경이야. 그만큼 나가서 피우라고 하면 말을 좀 들어야지. 그리고 어린애들이 담배는 뭐 하러 피워? 공연히 폼 내느라 맛도 모르고 흉내내는 거지."

장모가 언성을 높였다.

"여기 어린애가 어디 있어요?"

응수하는 영신의 얼굴은 땀에 젖어 번들거렸다.

"그렇지 않아도 언제 부탁하려고 했는데, 말 좀 조심해서 하세요."

영신은 코끝이 붉어 펑펑 운 것 같기도 했다. 늘 그렇듯이 우유곽 재떨이를 들고 있었다. 영신은 다시 담배를 하나 빼물었다. 흡연은 영신이 당황했을 때의 습관이기도 했다.

장모가 어이없다는 얼굴로 나와 마리와 자신의 무남독녀를 둘러보자 최교수가 고압적으로 명령했다.

"나가서 피워요."

"비가 오잖아요."

"그럼 담배를 피우지 않으면 되잖아."

"당신이 뭔데 나에게 담배를 피우라 말라 해?"

영신은 불을 붙였다. 최교수가 소리를 꽥 질렀다.

"여긴 위험해. 불낸다고!"

"담배 피운다고 불나면 집집마다 불 안 난 집이 없겠네요."

"아이구 기막혀. 이애들이 왜 이러나. 어디서 이런 집도 절도 없고 위도 아래도 없는 애들만 데려와서는 밥 먹이는 것도 모자라 첩년처럼 몰래 방을 얻어주질 않나……"

장모가 한탄하며 의자에 주저앉았다. 내 얼굴이 와락 붉어졌다. 최교수가 그 순간을 놓치지 않고 금세라도 나를 낚아챌 듯 노려보았다.

"우리가 왜 집이 없어요?"

어느새 왔는지 상경이 대들었다.

"아이구, 그래. 집 있으면 이놈의 같지도 않은 연극인지 뭔지 당장 때려치우고 다들 부모님 슬하로 돌아가주면 딱 좋겠네."

장모의 말에 상경도 말문이 막혀버렸다.

"그 말, 생각해보죠."

영신이 화난 얼굴로 낮게 대답하고 일어섰다. 모두 영신을 따라 옥상으로 올라갔다. 내리꽂히는 대숲 같은 빗줄기에 배수가 나쁜 옥상은 풀장이 되어 있었다. 우리는 비를 그대로 맞으며 물 속에 다리를 담그고 첨벙거리며 뛰어놀았다. 빗물에 젖은 영신의 눈가가 불에 댄 듯 붉었다. 조금씩 사정은 다르겠지만 다들 나처럼 이곳에 와 있는 절박한 이유가 있을 것 같았다.

머리카락과 옷을 쥐어짰지만 여전히 줄줄 빗물이 흐르는 채로 패잔병처럼 계단으로 내려가 이층 계단 참에 쪼그리고 앉았다. 새냄새와 서로의 몸냄새가 코를 막고 싶도록 역겨웠다. 내 양쪽 무릎에서도 김이 오르는 감자와 빵 냄새 같은 뭉클한 살내음이 올라왔다. 마리에 이어 나도 다급하게 담배를 물었다. 고개를 빼고 보니 베란다의 새감옥이 보였다. 사선으로 누운 비가 화살처럼 새장 속으로 파고들어갔다. 무겁게 젖는 새의 깃털들…… 새냄새와 젖은 몸 비린내 때문에 배가 부풀어오르는 것 같았다.

"그만둬버릴까……"

상경이 영신에게 물었다. 영신은 말이 없었다.

"그렇게 싸웠으니 그사이 연출선생님 귀에도 들어갔을 텐데 선생님 얼굴을 어떻게 보지? 연극이 싫어졌어. 그냥 집에 가버릴까…… 그 할망구와 여편네 정말 지겨워."

하지만 연극은 이미 약속이었고, 감정과는 다른 차원의

문제였다. 나는 김해경을 생각했다. 그는 스물네 시간 내내 연극에 빠져 있었다. 연습 때는 팽팽하게 긴장되어 있어서, 두 눈동자가 어딘가로 날아가는 검은 돌멩이 같았다.

"언제 저쪽 건물에 침입해 새들을 날려줘버릴까?"

이번에는 영신이 상경에게 물었다. 상경은 고개를 끄덕였다. 사실 어려운 일은 아니었다. 일층 옷가게 옆에 층계가 있는 것이다. 그곳으로 올라가면 무슨 수가 날 것이었다. 이층은 사람들이 많이 드나드는 단칸 월셋방이고 삼층이 주인이 사는 집이었다. 귓속에서 〈애사당〉이라는 노래가 자꾸 맴돌았다. 이상할 것도 없는 일이었다. 극장에서 매일매일 들었던 것이다.

엄마가 줄을 탈 때 난 무등 타고 꽃버선 쳐다보다 미끄러지고 손님들은 하하하 웃어댔지만 엄마는 나를 안고 노래했지요 나는 꽃버선 보고 울어버렸죠……

다음날은 극장에 가지 못했다. 대신 김해경과 함께 온 영신의 부축을 받으며 병원에 갔고 위궤양이라는 진단을 받았다. 규칙적으로 삼 분이나 사 분마다 위장에 통증이 몰려왔다. 위가 깍두기처럼 또각또각 잘려 매운 고춧가루와 짠 젓갈에 버무려지는 듯했고 무자비한 프레스 같은 것으로 책받침처럼 납작하게 눌리는 것 같기도 했다. 며칠 동안 제대로 먹지 못한데다 마침내는 죽 외엔 전혀 먹을 수 없었다.

까무룩 잠들었다가 눈을 떴을 때 팔에 링거가 꽂혀 있었다. 그리고 김해경이 그 특유의 돌같이 단단한 검은 두 눈으로 내려다보고 있었다. 그는 결코 연극을 중단하거나 실패하고 싶지 않을 것이다. 그렇게 된다면 검은 눈 속에 몰입은 깨어지고 모욕이 가득 차겠지. 시계는 열한시 오 분 전을 가리키고 있었다. 나는 혼란스러운 심정으로 김해경을 바라보았다. 꼬박 열여덟 시간이 흐르도록 잠을 잔 것이었다.

"많이 아픈가보구나."

염려 섞인 조심스러운 음성이었다.

"나 때문에 제대로 먹지도 못하고 고생하는 것 같아 정말 미안하다."

나는 그렇지 않다는 의미로 고개를 저었다.

"집에 전화해줄까?"

그러자 눈에서 갑자기 눈물이 흘러내렸다.

그는 티슈를 꺼내 눈물을 닦아주고 수첩과 펜을 꺼내 받아적을 준비를 했다.

"전화번호를 불러봐."

나는 고개를 세차게 저었다. 눈물이 갈래갈래 흩어져 귀와 목으로 흘러내렸다.

"고아라니까요."

김해경은 나무라는 눈으로 내려다보았다.

"친척 집에 살아요. 엄마도 아버지도 없어요. 형제도 할머니도……"

"고집이 센 아이구나."

할머니까지 들먹이니 이상하긴 했다. 그는 담배를 꺼내 물고 불을 붙였다.

"성재는 자주 보니? 수련이 아픈 거 아니?"

"몰라요."

"최근에 만나지 않았니?"

나는 천천히 고개를 끄덕였다. 성재와 나의 관계를 헤아려보는 듯했다.

어느 시점부터 성재는 오히려 나와 더이상 친해지지 않기 위해 애쓰는 것 같았다. 초여름에 일박 이일 동안 동해안 여행을 다녀온 이후부터인 것 같다. 이상한 점은 전혀 없었다.

오후 내내 감포에서 양포를 지나 칠포로 이르는 동해안 길을 따라 발에 물집이 생기도록 걷기만 했었다. 바닷가 길을 따라 걸으면서 성재는 틈틈이 노래를 불렀었다. 두메는 날라와 더불어 꽃이 되자 하네 꽃-이 피어 눈물로 고여 발등에서 갈라진 녹두꽃이 되자 하네 산골은 날라와 더불어 새가 되자 하네 새-가 아랫녘 윗녘에서 울어예는 파랑새가 되자 하네 이 들판은 날라와 더불어 불이 되자 하네 불-이 타는 들녁 어둠 사르는 들불이 되자 하네 되자 하네 되고자 하네……

그날 밤 우린 영덕 근처의 바닷가 모텔에서 이부자리 두 채를 나란히 펴고 길 떠난 두 벗처럼 두런두런 이야기를 나누다가 쉽게 잠이 들었다. 발이 퉁퉁 부은 채로. 잠들기 전까지 우리가 나눈 이야기는 때론 시적이고 때론 지나치게 심각하고 가끔은 우스꽝스럽고 공허했다.

마지막엔 숫자와 색채에 관한 심리놀이를 했다. 나는 4와 8과 9를 좋아한다고 했다. 그는 4는 사각형, 사계절, 물 불 공기 흙, 사원소의 숫자로 세상을 이루는 구조적 숫자라고 했다. 8은 다시라는 의미라고 했다. 신의 은총에 의해 인간이 다시 태어나는 것도 팔 일째였고 재생과 새로운 출발의 숫자라고. 그리고 9는 배수가 언제나 9로 돌아오는 특성을 가지고 있기 때문에 불멸성의 숫자라고 했다.

그리고 내가 좋아하는 주홍색은 억눌린 열정을 뜻하고, 초록색은 시작의 설렘을 뜻하며 보라색은 열정이 지나가버린 뒤의 저 너머를 뜻한다고 했다. 나의 생일로 미래를 점쳤는데, 오랜 뒤에, 마흔 살쯤에 가수가 될지도 모른다고 했다.

아주 먼 곳에 있는 사람들도 나의 음성을 듣게 될 사주니, 가수 같은 것이 아니겠느냐고…… 나는 늙은 여자 가수를 떠올렸다. 오랜 뒤에 가수가 되다니…… 나쁜 점괘였다.

명색이 철학과 전공이고 나름대로 동양철학까지 공부한 성재는 다음날부터 거의 확신에 차서 나를 불렀다. 헤이, 가수 잘 잤니…… 하지만 정작 가수는 성재 자신이었다. 그는 늘 노래를 불렀고 노래 배우기를 좋아했다. 그 여행에서 무엇이 잘못되었을까…… 성재는 여행하는 동안 무려 다섯 개의 네잎클로버를 발견했었다. 풀밭을 자세히 보면 네잎클로버가 웃고 있어…… 웃음소리를 낸다고. 성재는 네잎클로버를 잘 알아볼 뿐 아니라 사소한 물건 하나도 잃어버리는 법이 없었다. 굉장한 기억력 덕분이었지만, 늘 긴장하고 있는 까닭이기도 했다. 그 여행을 기점으로 성재는 나로부터 오히려 소원해지고 있었다. 성재에게는 우연도 없고, 무관심도 없고 변명도 없었다. 그가 뭔가를 한다면 그것은 철저히 자신의 의지였다. 그 점이 나를 어떻게도 할 수 없게 발을 묶었다.

"영신은 갔어요?"

나는 불편해져 화제를 돌렸다.

"과일 사오겠다고 나갔어. 죽 좀 먹어봐."

그가 일회용 그릇에 담긴 깨죽을 꺼내 방바닥에 놓고 랩을 뜯으려고 했다. 한순간 비릿한 깨냄새가 새어나와 역했다.

"나중에 먹을게요."

잠시 침묵이 흘렀다. 그가 무겁게 입을 열었다.

"이번주 중에 포스터와 티켓이 인쇄되어 나올 거야. 공연은 불과 이십여 일 뒤이고…… 이런 식으론 연습량이 부족해. 뭐 하나 제대로 된 게 없어. 다음주부터는 합숙 훈련에 들어가야겠어. 밤늦게까지 훈련하고 함께 생활하면서 호흡을 맞추는 거야. 수련 네 생각은 어때? 괜찮을까?"

그 와중에 나로 인해 이틀째 제대로 연습을 못 하고 있었다. 몹시 미안했다. 하지만 나는 의연하게 굴며 영신과 상경과 마리가 몹시 궁금해하는 질문을 했다.

"휴가는 없나요? 지금까지 일요일도 없이 연습해왔는데."

"직장 있는 사람들은 밤시간과 일요일 오후뿐이니까 휴가는 불가능해. 평일에 하루쯤은 또 모르지만…… 그러니, 수련 너 빨리 나아야 해."

그는 손바닥을 나의 이마 위에 올렸다. 케이크처럼 부드러운 손바닥은 두 뺨에도 놓였다가 떨어져갔다. 그는 침통해 보였다. 괜찮으세요? 오히려 내가 그렇게 묻고 싶었다. 배우에게 방을 몰래 세내어주었다고 심술을 부리는 아내와 사위의 무능함을 핍박하는 사나운 장모 틈에서 그렇게 외롭게 살아도 괜찮아요?

영신이 돌아오는 기척이 들렸다. 그녀가 부엌으로 들어서자 더운 포도향이 방 안까지 밀려왔다. 포도를 많이 산 모양이었다. 하지만 정작 영신이 내놓은 것은 파란 풋사과였다. 짙은 포도 냄새는 영신의 몸에서 났다. 영신은 뭐가 불쾌하고 불편한지 얼굴을 살짝 찌푸리고 있었다. 영신이 돌아오자 김해경은 돌아갔다.

영신은 나를 돌보기로 작정했는지 저녁이 되어도 가지 않았다. 나에겐 죽을 데워주고 자신은 라면을 끓여 먹었다. 그리고 일찌감치 잘 준비를 했다. 영신은 눕기 전에 탐폰을 들고 화장실엘 다녀왔고 생리통을 진정시키는 알약을 삼켰다.

"……수련, 포도 냄새 나지 않니?"

"나. 아까부터……"

"생리기간이야. 이 기간엔 이상하게도 내 몸에서 포도 냄새가 나. 사람들이 얘기해줘서 알게 되었지만. 이상해, 네 몸에서 포도 냄새가 나, 그렇게 말하지…… 그래서 집에 있는 인삼을 호주머니와 책가방에 넣어 다니기도 하고 씹어먹기도 했지. 인삼 농사를 지으니까 늘 있거든. 지금은 인삼을 품고 다니는 것이 습관이 되었어. 그런데도 생리기간엔 인삼이 전혀 소용이 없어."

"너희 집에서 인삼 농사를 짓는다고?"

나는 신기해하며 물었다. 영신은 고개를 끄덕였다.

"인삼을 언제 파종하는지 아니?"

"언제?"

"아카시아 필 때."

영신은 대단한 비밀처럼 말했다.

"아카시아 피는 시기는 지방마다 조금씩 다르잖니?"

"그러니까, 언제든 상관없이 그곳에 아카시아가 피려고 할 때쯤 파종하면 되는 거야. 그래서 우리 마을 사람들은 일부러 산에 아카시아꽃을 많이 심었지. 그리고 지금이 그것을 할 가장 적기다라는 말로 아카시아 필 때다라는 표현을 하지."

아카시아 필 때…… 나는 혼잣말을 하며 미소지었다.

"남자친구는 안 오네. 성재라고 했지……"

부담스러운 같은 질문을 하루 동안 두 번이나 받았다. 나는 여전히 뭐라고 말할 수가 없었다.

"그와는 어떤 사이니?"

성재와 나란히 잠들었던 동해안 해수욕장의 작은 여관 방이 떠올랐다. 쉽게 잠들었지만 새벽도 되기 전에 깨어 두 시간쯤 꼼짝 않고 누워 열린 창으로 박명이 구름처럼 새어들어오는 것을 바라보았었다. 땀이 맺히면서도 몸은 점점 굳었다. 정각 일곱시에 성재가 갑자기 몸을 뻣뻣하게 일으키고 앉아, 내 쪽을 보지도 않고 수련아 해변에 나가자, 했을 때 고마워서 눈물이 찔끔 나올 것 같았다. 생각해보면, 성재 역시 몇 시간째 깨어 있었는지 모른다. 그것이 우리 여행의 문제였는지도……

"모르겠어. 언젠가, 내가 처음으로 그 경험을 한다면, 다른 사람이 아닌 성재와 나누고 싶다는 생각도 하지만…… 이건 욕망일까. 혹은 그냥 강박증인지, 아니면 호기심 때문에 괴로운 건지, 정말 누구도 아니고 성재이기를 원하는지…… 무언가가 내게 요구하는 외부적 강박증도 있는 것 같고, 그것에 호응하면 타락해버릴 것 같은 두려움 때문에 안간힘을 다해 저항하며 나를 지키려는 것 같기도 하거든…… 꼭 탐욕스러운 의붓아버지와 한집에 살며 속옷을 겹겹이 입고 노심초사하는 소녀처럼 말이야. 내게 욕망이 있다면 그건 내가 부도덕한 성향의 사람이라는 의미인지, 아니면 누군가를 사랑한다는 의미인지, 혹은 단지 성장 호르몬의 교란작용인지, 그건 정말 억압되어야 하는지 아니면 자신에게 정직해도 되는지…… 모든 게 불확실해. 정말 초조할 뿐이야. 영신씨는 남자와 자봤어?"

영신은 고개를 끄덕였다.

"어떤 느낌이었어?"

"……말로 할 게 못 돼. 경험해봐야 알 수 있는 거지. 특히 첫경험은 형편없었어. 다시 첫경험 앞에 서게 되면 전혀 환상 없이 무지한 채로 느끼고 싶어. 환상 때문에 오히려 혼란스러웠거든. 하긴, 남자에게 첫경험이 무의미한 것처럼 실제로 여자에게도 굳이 간직할 만한 건 없어. 그건 첫 경험이 여자의 생을 지배하는 운명이 되어버렸던 지나간 시대의 말이라구."

영신은 담배를 찾아 불을 붙였다.

"그와 키스는 했어?"

영신이 한 단계 낮추어 물었다.

나는 고개를 끄덕였다.

"어떤 느낌이었어?"

나는 훗 웃었다.

"말해봐."

영신이 졸랐다.

"좋았어…… 전 존재가 교류되는 완전한 의사소통의 느낌…… 언어 이상으로 지적인 느낌이 들어, 키스는."

영신은 그런 말은 처음 듣는다는 듯한 눈으로 고개를 끄덕였다.

"그런데 영신, 탐폰을 어떻게 넣니?"

나는 좀 망설이다가 물었다. 전에 탐폰을 샀다가 어디에 밀어넣어야 할지 몰라 끙끙대다가 결국 버린 적이 있었다.

영신은 백지와 펜을 가져오더니 일렬로 세운 작은 동그라미를 세 개 그렸다. 그리고 가운데 구멍을 가리켰다. 그리고 위엄을 갖추고 말했다.

"여기야. 하지만 꼬마야, 넌 아직 탐폰을 쓰지 않는 편이 낫겠어. 그리고 말이야……"

영신은 자리에서 일어나 가방 속에서 셀룰로이드 종이로 포장된 조그만 물건을 꺼내 내 손에 쥐어주었다.

"이걸 꼭 상비해. 네가 그렇게 초조감을 느끼는 이상 언제 쓰일지 모르는 거야. 아카시아꽃이 필 때면 잊지 말고 꼭 이걸 남자애에게 사용하라고 챙겨줘. 그래야 뒤탈 없는 경험이 돼. 그렇게 하면 적어도 누구와 하든 부도덕할 가능성은 구십 퍼센트 이상 사라져. 알았지?"

영신이 나에게 당부했다. 윤활제가 든 그것은 셀룰로이

드 속에서 미끌거렸다. 초조…… 그랬다. 언젠가 기억나지 않지만 내가 삼킨 동전이 몸 속 어딘가에 있을 것만 같았다. 그 동전은 저녁 내내 울다가 잠든 후로 매일매일 아래로 아래로 조금씩 내려가 몸 속 가장 우묵하고 검은 장소에 박혀 있을 것이다. 입으로 삼킨 은백색 동전을 육체의 통로를 거꾸로 더듬어 꺼내야만 할 것 같은 강박증…… 그것은 꺼내놓으면 삼킬 때와 달리 반짝반짝 빛나겠지…… 그것을 꺼내줄 사람은 누구일까, 어떻게 꺼내야 할까. 그러면 나는 지금과는 달라질까…… 이 막연함은 걷히고 진짜 생의 질감을 느끼게 될까……

방 안을 메운 어둠은 단단한 고형의 물체처럼 속눈썹이 닿도록 내 눈앞에 바짝 버티고 있었다. 나는 어둠을 일 센티미터도 밀어낼 수 없었다. 그런 무력감 속에서 미동도 없이 밤새 앓았다.

*

연습하는 동안 객석에는 최교수와 장모 외에도 늘 이런 저런 사람들이 들어와 앉아 있었다. 주로 연출가 해경과 친분이 있는 사람들이었다. 하는 일 없이 늘 시내를 배회하는 고등학교 동창도 있었고 스폰서로 나선 사업가도 있었고 신문기자들도 들락거렸으며 학교 극회 단원들과 다른 소도시의 극단 단원들도 있었다. 그날은 연습중에 성재가 들어왔다. 성재는 객석에 앉아 곰곰이 연습장면을 지켜보았다. 나는 다른 어느 때보다 불편했다.

아직 도중에 지적을 받느라 흐름이 끊어지기도 하고 한 지점을 몇 번이고 반복하기도 했지만 배우들은 대사를 완벽하게 외웠고 동선도 거의 익혔다. 이제는 동작과 표정, 호흡, 대사의 뉘앙스를 고려하는 단계였다. 하지만 연극 자체가 격렬해서 무더위 속에서 소리지르고 무대 위를 튀어오르고 뒹굴며 두 회를 되풀이하고 나면 손가락 하나 꼼짝하기 싫을 정도로 소진되곤 했다. 등과 겨드랑이와 팔다리와 옷에는 물론이고 얼굴에까지 허옇게 소금기가 피었다.

그날은 방송국의 라디오 프로그램에서 나의 대사를 녹음해갔다. 문화소식란에 곧 막이 오를 공연작품으로 소개할 것이라고 했다. 녹음하던 프로듀서는 내 음성이 날카롭다며 몇 번이나 녹음기 상태를 다시 조절했다.

성재와 극장에서 나온 시간은 열시경이었다. 그로부터 한 번 더 연습한 뒤였다.

"공연히 너를 해경 선배에게 소개해주었다는 후회를 했어. 아까부터 내내……"

진동이 일어나는 시내버스의 맨 뒷좌석에 앉아 성재가 허탈해 보이는 얼굴로 말했다.

"희곡이 별로야."

성재가 너무 심각해서 나는 가볍게 말했다.

"어차피 상관없어. 나에겐 의미 없는 일이야."

"만에 하나 의미가 생길 수도 있어. 나쁜 종류의 의미가."

"어떤?"

"지금 굳이 알 필요는 없어. 안 생길 확률이 더 높으니까. 물론 생길 확률도 상당하고."

성재는 신중함 때문에 가끔 우유부단했다.

"이건 이율배반적이지만 네게는 아무 일도 생기지 않기를 바래. 그래서 아지트도 가르쳐주지 않는 거야. 우리가 하는 작업에 대해서도 아무것도 모르기를 바래. 끌어들이지 않는다는 뜻이야. 그런데도 넌 일정 부분 개입되어 있어."

"개입?"

"아마도 해경 선배는 너희들에게 절대 설명하지 않겠지. 그게 안전하니까."

"왜 말을, 무슨 말인지 절대로 알아들을 수 없게 하니?"

"그렇게 말할 수밖에 없어. 너 많이 야위었다."

나는 아팠다는 말을 하지 않았다. 성재는 나의 머리카락을 만졌다. 버스 안에는 모두 다섯 사람뿐이었다. 그대로 가면 언젠가처럼 종점까지 실려가버릴 것 같았다. 내 가방 속엔 셀룰로이드 종이로 포장된 조그만 것이 들어 있었다. 성재는 아무런 계획도 없어 보였다.

"거기 지금 누가 있니?"

성재는 뜻을 모르겠다는 얼굴로 쳐다보았다.

"경찰서 위에 있다는 방."

"오늘은 아무도 없어."

"나 거기 가보고 싶어."

"왜?"

"그냥 궁금해……"

"안 돼."

"꼭 가보고 싶어. 한 번만."

좀 앓고 나면 맑아지고 욕망에 대해 분명해지고 대담해지는 모양이었다. 나는 의식을 놓아버릴 수 없는 질긴 어둠의 시간을 성재에게 기대어 보내고 싶었다. 앓으면서 보낸 그 공허하고 힘든 날들에 대한 보상처럼. 셀룰로이드 종이로 포장된 조그만 것을 사용하든 사용하지 않든 김해경이 얻어 준 방이나, 여관 같은 곳을 찾아들어가는 것보다는 그곳이 나을 것 같았다. 성재는 망설이더니 세 정거장이 지난 뒤에 나의 손을 잡고 일어섰다. 손에 잔뜩 힘이 들어가서 어깨까지 굳어 있었다.

"내리자."

경찰서 앞 버스 정류장이었다. 언덕길을 따라 한참 동안 올라가다가 골목으로 들어갔다. 긴 골목이 갑자기 끝나더니 큰길로 이어지고 정원수들이 심어진 원예원을 지났다. 잠시 큰길을 오르다가는 고시원을 지나 다시 좁은 골목길로 들어갔고 구멍가게를 지나 계곡 옆의 계단을 올랐다. 유독 어두운 동네였다. 성재는 내내 나의 손을 꼭 잡고 걸었다. 나는 장님과 다름없이 안내되었다. 마침내 시멘트벽으로 거칠게 담장을 두르고 칠이 벗겨진 녹색 철문을 단 슬레이트 집 앞에서 성재가 멈추었다. 집 앞의 긴 축대를 따라 검은 하수가 고인 하천이 나 있었는데 그곳에서 올라오는 부패한 물냄새가 거의 유독가스를 방불케 했다.

그의 방은 안채와 떨어진 아래채의 대문 바로 앞 방이었다. 방 앞에 좁은 마루가 붙은 여관 같은 구조였고 문 역시 여관집 방문 같았다. 그가 불을 켠 후 나는 따라들어갔다. 방

가운데 놓인 커다란 상만 제외하면 보통의 자취방들처럼 평범했다. 조립식 비닐 옷장이 있고 책상과 책장이 있고 부엌으로 난 문이 있었다. 책장엔 전공 철학서적 몇 권과 영어회화책과 테이프들, 그리고 문예지 몇 권과 대수롭지 않은 소설류가 꽂혀 있을 뿐이었다. 책상 서랍이 하나하나 억지로 붙인 자물쇠로 채워져 있는 점이 이채롭기는 했다. 내 관심을 끈 것은 상 위에 얌전히 놓인 스프링 노트였다. 성재는 따라온 손님인 나보다 더 불안하게 서성대더니 상점에 가서 먹을 것을 좀 사오겠다며 나갔다. 성재가 나간 사이에 나는 한 손으로 노트를 넘겨보았다.

지명수배 시에 행동강령…… 가명 쓰기 및 위장술, 한 장소에 머물지 않기, 미행 유무 확인하기, 약속장소 세 번 이상 옮기기, 도주로 확인해두기…… 노트 속에서는 유인물도 한 장 떨어졌다. 노동자라든가 민중이라든가, 사회구성체, 사회과학, 혁명이라든가 대단결, 코뮤니즘 등의 단어…… 그중에 주체사상이라는 단어가 마침내 나를 경악하게 했다.

"너 사회주의자니?"

비닐봉지를 들고 방에 들어서는 성재를 정면으로 바라보며 물었다. 성재는 어처구니없다는 듯 상 위의 노트와 내 얼굴을 쳐다보았다.

"왜 얼굴이 노래가지고 그래? 너도 레드 콤플렉스 있니?"

나는 가방을 들고 일어섰다. 성재가 나가려는 나를 붙잡았다. 나는 바둥거리며 나가려 했고 성재는 아무 말 없이 그런 나를 더욱 세게 붙들어 앉혔다. 마치 뼈 속에서 힘이 나오는 것 같은 집중된 완력이었다.

"난 네가 단순히 대학 내 자율화를 추진하는 민주학생 세력이고 부당한 군사정권에 저항하는 순수학생 세력이고 공장 노동자들과 대학문화를 공유하는 문화운동 그룹인 줄로 알았어. 그런데……"

그의 미간이 찌푸려졌다.

"너 정말 사회주의자니?"

"바보 같으니."

내가 다시 물었을 때, 성재는 차갑게 말했다. 한심스러움과 안타까움이 뒤섞인 눈빛이 나를 노려보았다.

"바보는 너야. 이렇게 위험한 일을 하면서, 넌 네가 원하는 것이 정말 이거라고 믿는 거야?"

"그래, 믿어."

"차라리, 네가 나처럼 뭘 해야 할지 몰라 두리번거리는 보통 바보였으면 좋겠어. 그런데, 넌 진짜 바보야."

나는 다시 가방을 들고 일어섰다. 이번에는 그도 나를

잡지 않았다. 마치 자신이 원하는 것이 무엇인지 확인시키겠다는 듯이 그는 앉은 채로 나를 노려보고만 있었다. 등뒤에서 담뱃불을 붙이는지 라이터 켜는 소리가 들렸다. 나는 높은 축대 때문에 캄캄한 집 앞길을 마구 달렸다. 커다란 짐승의 뱃속에 차곡차곡 접힌 내장 같은 골목들과 골목들…… 구멍가게 근처에서 나는 길을 잃었다. 개들이 사납게 짖어댔다. 어디선가 내 이름을 부르는 소리가 들리는 듯도 했다. 수련아, 우수련, 우수련…… 나는 아래로 내려가고 싶은데도 점점 더 높이 올라가고 있는 것만 같았다.

*

합숙 훈련에 대해 마리와 상경은 콧방귀를 뀌며 반대했지만 결국은 따라야 했다. 밤늦게까지 계속하면 하루에 네 번 연습을 반복할 수 있었다. 연습 도중에 잠시 쉴 때면 땀이 소금이 되어 피부와 옷 위에 허옇게 굳곤 했다. 단원들은 서로 소금기를 털어주며 신기해했다. 그리고 의상작업도 시작되어 상경은 줄자와 수첩을 주머니에 넣고 다니며 우리의 치수를 대략 재었다. 전통적인 상복 비슷한 의상이 될 거라고 했다.

무대복은 재헌이 추천한 시장거리의 맞춤옷집에 주문을 하기로 했다. 재헌은 휴식시간이면 늘 워크맨을 낀 채 그 낡은 목조집의 이층 옥탑방을 관찰했다. 함석지붕이 올려진 그 좁은 방에서는 이른 새벽부터 늦은 밤까지 유난히 피부가 고운 어린 아가씨가 더위 때문에 팔과 목을 다 드러내놓고 재봉질을 하고 있었다. 그 곁의 염색공장에선 하루 종일 옥상에 천들을 펴 널었다가 걷고 다시 널곤 했다. 붉은 천, 파란 천, 노랑과 초록이 여섯 줄씩 널려 바람에 펄럭펄럭 날렸다.

"꼭 탑에 갇힌 공주 같지 않냐?"

재헌이 한숨을 내쉬며 물었다. 그러면 우리는 픽픽 웃었다. 왜냐하면 아무리 보아도 탑에 갇힌 시녀 같았기 때문이었다. 하지만 누가 봐도 피부가 눈부시게 고운 글래머인 건 사실이었다. 재헌은 틈만 나면 북쪽 창가에 붙어서 있었다.

자가용 스쿠터를 가진 한영은 또 은행 아가씨에게 반해 피서를 겸해 독서를 핑계로 틈틈이 은행에 가 앉아 있었다. 그는 제복 입은 여자를 좋아하는 특이한 취향이 있었다. 여자 경찰, 스튜어디스, 은행원, 심지어 여고생들까지…… 우리는 점심을 먹고 돌아오면서 일제히 은행에 들러 커피를 뽑아먹으며 아가씨를 훔쳐보았다. 우리와는 완전히 다른 부류였다. 얌전하고 단정하고 빈틈없이 속이 꽉 찬 실용주의 아가씨.

한영은 티켓이 나오면 제일 먼저 그 아가씨에게 주겠다고 했지만 그 아가씨는 우리 연극을 전혀 좋아할 것 같지 않았다. 하긴 우리 자신도 좋아하지 않으니……

옷을 맡기러 갈 땐 당연히 재헌이 앞장서서 갔다. 그리고 의상 담당인 상경이 말할 사이도 없이 상경의 스케치 그림을 펴놓고 재헌이 다 떠들어댔다. 이층까지 들릴 정도로 커다란 목소리로. 그리고 결국엔 직접 옷을 재단하고 재봉질할 처녀를 만나라는 허락을 받고 이층 나무계단을 밟고 올라갔다.

처녀는 예의 창가 재봉틀 앞에 앉아 있었다. 역시 눈부시게 환한 피부를 가진 화사한 아가씨였다. 르누아르 그림 속의 소녀처럼 완벽하게 맑고 흰 이마와 핑크빛 뺨과 칠흑 같은 긴 머리를 가지고 있었다. 그리고 한 가지 더 가진 것이 있었다. 그녀 옆 오목한 공간에 기대 세워진 목발.

처녀는 상경이 스케치한 디자인을 설명할 동안 그대로 앉아 있었다. 밝지도 않지만 어둡지도 않은 표정이었다. 재헌은 한마디도 하지 않고 재봉틀 발걸이에 놓인 하나뿐인 발을 노려보고 있었다. 그 발은 자신이 직접 만들어 입었을 핑크색 드레스의 섬세한 레이스 단 아래로 나와 있었는데 이제 막 씻어놓은 흰 무처럼 깨끗하고 신선한 맨발이었다. 처녀는 우리가 떠날 때까지 일어서지 않았다. 재헌은 우리와 돌아오지 않고 선창 쪽으로 혼자 내려갔다. 아마 태평양을 향해 앉아 홍합국물과 소주로 실의를 달랠 모양이었다.

언제나 밝은 표정으로 단원들을 세심하게 배려하는 장우형은 합숙 첫날부터 도란을 준비해 분장 연구를 했다. 상경과 영신, 마리는 예쁘게 하지 않고 기괴하게 한다고 불만이 많았지만 김해경은 좀더 그로테스크해야 한다고 주장했다. 상복을 입고 뱀파이어같이 분장을 해야 할 모양이었다.

성재에게선 전혀 연락이 없었다. 나는 계단에 홀로 앉아 습관적으로 편지를 썼다가 찢곤 했다. 어느 날은 그리움의 편지를, 어느 날은 사과의 편지를, 어느 날은 이별의 편지를. 아무것도 잊지 않고, 사소한 물건 하나조차 잃어버리지 않는 사람이 나로부터 멀어지고 있었다. 이별은 그의 의지였다.

합숙한 지 사흘째 밤이었다. 밤 열두시경에 막 잠자리에 누웠을 때였다. 무대 위는 여자 배우들의 영역이었고 남자들은 무대 아래의 공간에 누웠다. 김해경도 함께 누워 있었다. 불을 끄면 시장거리는 쥐죽은 듯 고요했다. 그 고요 속에서 새들의 날갯짓 소리와 울음소리가 들리는 것이었다. 시간이

지날수록 부리로 서로를 쪼는 듯 더 간절하고 아프고 사납게 울었다.

“새들을 날려보내야겠어. 내일은 정말로 저 집 구조를 파악하러 갈 거야. 그리고 아무도 모르게 잠입해 새감옥 문을 활짝 열어버리는 거야. 아아 너무 괴로운 소리야. 새들이 피를 흘리는 것 같아……”

영신이 먹 도화지 같은 어둠 속에서 중얼거렸다. 중얼거림이 끝나자마자 곧 계단에서 인기척이 들렸다. 낮고 무미건조하고 경직된 단음절들, 몸무게가 옮겨지는 울림, 벽에 옷의 천이 스치는 소리. 곧 누군가가 극장 문을 주먹으로 쾅쾅 두드렸다.

실내에 불이 켜지고 다들 자리에서 일어섰다. 문이 열리자 경찰 두 명이 들어왔다.

“무슨 일입니까?”

김해경이 극장 대표답게 나섰다.

“남녀 집단혼숙 신고가 들어왔습니다.”

경찰은 짧게 경례를 붙인 뒤 말했다. 모두들 아연하게 경찰을 바라보았다.

“집단적인 남녀혼숙은 불법입니다. 즉시 해산해주십시오.”

"남녀혼숙요?"

김해경이 어눌하게 되물었다.

"해산해주십시오."

경찰이 한 번 더 단호하게 명령했다. 김해경의 얼굴이 일그러졌다. 내 얼굴도 모멸감으로 달아올랐다. 남녀 집단 혼숙이라는 일언지하의 매도를 당하고 보니, 집을 나와 결국 무슨 짓을 하고 있는지 한심스러워졌다. 누구나 비슷한 참괴감으로부터 자유로울 수 없었다.

"누구죠? 신고자가?"

"말할 수 없습니다. 신고자는 보호받을 권리가 있습니다."

"새들을 가두어놓는 건 불법 아닌가요?"

등을 돌리고 나가려는 경찰에게 영신이 외치다시피 물었다.

"뭐라구요?"

경찰이 되돌아섰다.

"새 말이에요. 비둘기, 까마귀, 까치…… 그런 새를 가두어 키우는 건 불법 아닌가요?"

영신은 새와 동병상련이라도 하는 듯 분한 표정으로 따졌다.

"총으로 사냥하는 건 불법이지만. 그것도 장소에 따라선 허용되기도 하고."

"가두어 키우는 건요?"

"가둔다…… 내가 알기론 해당사항 없습니다. 불법이 아닙니다."

"불법이 아니라구요?"

상경이 한 번 더 항변했다.

"지금 즉시 해산하세요."

경찰은 한 번 더 명령하고 돌아갔다.

"그런데 누가 신고했을까……"

상경이 중얼거리자 김해경이 버럭 소리를 질렀다.

"재헌아, 택시 불러."

해경은 그날 밤 콜택시 네 대를 불러야 했다. 그는 몹시 화가 나 있었다.

"최교수 같지?"

택시 안에서 상경은 앞자리에 앉아 있는 내 생각을 안다는 듯 고개를 앞으로 내밀고 밑도끝도없이 말했다. 우리는 모두 상경의 사촌언니 학원으로 가고 있었다.

"나도 그렇게 생각해."

영신이 느리게 말하고 한마디 덧붙였다.

"잘됐지 뭐."

하루이틀 지내면서 에어컨도 없는 그 좁은 극장에서의 합숙이 무리라는 것을 누구나 느끼고 있었다. 무리를 느끼면서 김해경의 능력에 대한 신뢰도 빠르게 금가기 시작했다. 그는 카리스마를 잃고 조금씩 비웃음의 대상이 되어가고 있었다. 공연날엔 관객들을 위해 결국 달게 될 에어컨조차도 배우들을 위해 미리 달 능력이 없는 연출자였다.

"최교수가 왜 신고했을까?"

나의 질문에 영신이 그 특유의 태도로 느릿느릿 말했다.

"남편의 외박에 심술을 부리는 게 아닐까…… 하긴, 설마 그렇게까지 꽉 막히기야 했을까…… 아니면 하루도 남편 없이 잠잘 수 없을 만큼 그토록 연약하게 사랑하는 걸까?"

"혹시 하루도 참을 수 없는 색광인가?"

마리가 무심하게 말했다.

너무 비약적이어서 다들 어리둥절했다.

"만약 그렇다면 우리 연출가가 그녀를 버리면 끔찍한 벌이겠네."

마리가 혼잣말을 했다.

"그 안하무인의 심술궂은 여자에게 그런 열정이나 순정

이 정말 있을까?"

영신의 말에 마리가 자신만만하게 말했다.

"심술궂은 사람에 대해 난 좀 알아. 그런 사람은 세상에 대해 심술을 부리는 대신 오직 한 사람에게 질기게 집착하는 거야. 그 사람도 역시 외로움을 느끼는 인간이니까. 요컨대, 순정이나 열정이라기보다는 한쪽으로 치우친 불균형의 감정이지. 악한들이 사랑은 더 지독하게 해. 아마 그 여자 좀처럼 우리 연출선생님을 안 놓아줄걸."

"우리가 그 여자로부터 선생님을 해방시켜줄까?"

상경이 음모라도 모의하듯 더욱 낮은 음성으로 말했다.

"어떻게?"

영신도 잔뜩 음성을 낮추었다.

"우리 중 누군가가 그를 유혹하는 거지."

마리가 문제도 아니라는 듯 태연하게 대답했다. 상경이 즉각 맞장구를 쳤다.

"맞아. 그의 정신에 타격을 입혀서 제정신으로 돌아오게 하는 거야. 좋은 집에 얹혀살고 임대료 없이 극장을 사용할 수 있다는 점 때문에 사랑할 가치가 없는 여자에게 붙잡혀 정말로 평생을 살려 하는 남자는 없을 거야. 게다가 그 여자가 사실을 알게 되는 날엔 두 사람 관계는 바로 깨어지지 않겠니?"

"하지만 선생님이 그걸 원해야 해방이잖아. 그게 아니고 낙원 추방이면 어떻게 해?"

나는 처음으로 뒤돌아보며 말했다.

"얼굴 보면 모르겠니? 선생님은 벌써 후회하고 있어. 결혼식 치른 지 아직 일 년도 되지 않았다는데. 어쩌면 그 자신이 집에 들어가기 싫은 나머지 합숙 훈련이라는 핑계를 생각해냈을 거야. 꼭 그렇게까지 하지 않아도 되는데 말이야. 그래서 길길이 뛰며 반대하던 최교수가 신고까지 한 거고. 그런데 우리 중 누가 하지?"

"네가 해."

상경이 질문한 영신에게로 떠맡겼다.

"네가 해라."

영신이 화들짝 놀라며 상경에게로 떠밀었다.

"내가 할 수도 있어."

마리가 가볍게 말했다.

한순간 정지동작이 지난 뒤에 다들 갑자기 웃음을 터뜨렸다.

"그래, 내가 할 수도 있어."

"나도 할 수 있어."

상경과 영신도 서로 할 수 있다고 주장했다.

"수련, 넌 어때?"

늘 모멸감을 느끼도록 요구하는 최교수의 차가운 눈빛이 떠올랐다.

"나도 할 수 있어."

내가 말했다. 이상하리만치 결연하게 들렸다.

"아무도 선생님을 싫어하지는 않는구나. 사실 싫은 데는 없는 사람이잖아."

영신이 무언가에 도취된 듯 말했다.

"어쩌면 매력적인 남자인지도 몰라. 백자 같은 피부와 단호한 눈과 조금은 유치한 감상성과 확고한 양심과 정의감과 문학적 취향으로 구성되어 있는 로맨티스트지."

마리가 나른하게 중얼댔다.

"그리고 세상일을 모르는 사람처럼 순수해. 연습을 지휘할 땐 너무 몰두해서 무섭기도 하지만 사람을 감화시키는 타고난 매력이 있어."

상경도 동감했다.

"오죽하겠니? 그러니 돈 많은 여자에게 뽑힌 거지."

영신이 냉소했다.

"그래, 좋아. 그러면 우리 오늘밤 제비뽑기로 결정하자.

선생님을 유혹할 선수를 뽑고 우리가 모두 도와주는 거야. 이건 중요해. 어쩌면 우리가 하고 있는 연극보다 더 중요하다구."

상경은 단호하게 정리를 했다.

"하지만 정말이니?"

의외로 먼저 말을 꺼낸 마리가 믿어지지 않는다는 듯 두 번이나 되물었다.

"이런 일이 실제로 가능할까?"

그런데도 아무도 더이상 문제의 처음으로 되돌아가지 않았다. 이미 결정되었다는 단호한 결의만 택시 안에 가득했다.

상경의 방은 이종사촌언니의 미술학원 이층이었다. 미술학원에 들어서니 우리는 난쟁이 나라에 초대된 거인국 여자들 같았다. 크레파스 냄새와 풀과 먼지 냄새, 오래 묵은 종이와 천냄새 그리고 그 냄새들을 증폭시키는 습기의 냄새가 났다. 뒤쪽 벽에 붙은 좁다랗고 긴 테이블엔 고사리 같은 어린 손으로 만들었을 찰흙 공작물들이 마르고 있었다. 코끼리와 돼지와 펭귄, 악어…… 아마 아이들은 한 주 내내 그것에 물감과 니스 칠을 할 것이었다.

우리는 머쓱해하며 조그만 유치원생 책상과 의자에 무

릎을 펴고 앉았다. 무릎을 세우면 책상이 둥실 들어올려졌다. 천장엔 색종이를 접어 만든 공과 꽃과 새 들이 주렁주렁 걸려 허리를 제대로 펼 수도 없었다.

그곳에 엉거주춤 앉아 우리는 상경이 꺼내온 오징어 안주와 함께 소주를 마셨다. 그리고 사십 분쯤 뒤에 정말로 제비뽑기를 했다. 상경이 색종이 상자를 들고 이층 방으로 가 그중 하나에 김해경의 이름을 써넣었다. 그리고 사 센티 정도 넓이로 접어왔다.

"그냥 친한 척하는 정도야. 연출선생을 유혹해 자기를 좋아하는 줄로 오해하게 만들고, 최교수에겐 연출선생이 우리 중 한 사람과 그렇고 그런 사이인 줄로 오해하게 만드는 거야. 별 어려운 일도 아니잖아. 우리 모두가 함께 도울 테고."

빨강과 검정과 파랑과 초록 색종이…… 나는 초록을 잡았고 상경이 입을 동그랗게 오므리며 마지막 남은 검정 색종이를 폈다. 비어 있었다. 마리가 잡은 파랑 색종이, 영신이 잡은 빨강 색종이도 비어 있었다. 김해경의 이름은 초록 색종이에 적혀 있었다.

"이제 그만 해."

나는 재미없다는 표정을 지으며 가짜 하품을 했다.

"뭘?"

상경이 심술궂게 물었다.

"……이 농담 말이야."

"제기랄, 농담 아니야. 절대로 아니라구. 아까 불 끄고 무대 바닥에 누웠다가 일어나서 신 신은 채로 들어온 경찰에게 남녀 집단혼숙이 불법이니 해산하라는 말을 들었을 때 기분이 어땠는지 아니? 난 반드시 밀고자를 응징하리라 결심했어."

상경이 강단을 보이며 못을 박았다. 마리와 영신도 동의했다.

"하지만 최교수가 신고했다는 것이 확인되어야 하잖아?"

나는 신중하게 항의했다.

"최교수가 아니면 누가 했겠니?"

상경이 아직도 모멸감에 시달리는 얼굴로 나를 쏘아보았다. 그리고 한숨을 내쉰 뒤 말했다.

"좋아, 그럼 확인되는 날을 그날로 하자. 그땐 다른 말하기 없기."

상경은 곧 그날이 오리라는 듯 못을 박았다.

*

8월이 되었고 휴가는 나흘로 정해졌다. 저마다 비밀스러운 계획들이 있었다. 영신은 최대한 시간을 활용하기 위해 휴가 첫날의 새벽 기차표를 예매했다. 그녀는 영영 돌아오지 않을 것만 같은 묘연한 표정을 지었다. 비밀이란 성숙의 표지라더니, 그날따라 영신은 유독 더 어른스러워 보였다. 상경도 짧지만 계획대로 남자친구와 서해안으로 여행을 떠난다고 했다. 마리는 제주도로 간다고 했다. 마리 역시 남자와 가는 것 같았다.

휴가 동안 경찰서 윗동네의 골목들을 샅샅이 밟았다. 그날은 밤이 늦은 시간이었고 성재가 지름길로 갔기 때문에 그 집을 찾아내기가 더욱 어려웠다. 중간 크기의 삼나무들과 열대수들, 동백나무와 목련과 소나무와 단풍나무들이 자라고 있는 원예원을 지나 두 개의 고시원을 지나 낡은 빌라들과 단층집들을 지나며 올라갔다. 다리를 건너고 계곡을 따라 좀더 올라가 가파른 경사지에서 골목으로 들어갔다가 공중전화가 놓인 상점 사이의 틈으로 들어가서 커다란 플라타너스 나무가 서 있는 지점으로 다시 나오고 세 개로 나누어진 골목에서 빙빙 돌기를 거듭하다가 갑자기 바로 그 지점을 맞닥뜨렸다. 하지만 비슷하게 높은 시멘트 축대 아래 하수구 냄새 나는 검은 개울이 흐르는 지점에 이어 서 있는 비슷한 집들 중에 바로 그 집은 없었다. 아무래도 내가 완전히 착각을 일으켰거나, 아지트 자체를 옮긴 것만 같았다.

방 찾기를 포기하자 아무 계획도 없었다. 남은 것은 시간뿐이었다. 그 시절, 언제나 나를 괴롭힌 것은 무한한 양의 시간이었다. 아침에 눈을 떴을 때도 밤에 캄캄한 어둠 속에서 눈을 감을 때도 시간의 무한함 속에서 의지 없이 표류하는 느낌은 한결같았다.

무언가를 배워야 한다고 생각했다면, 예를 들어 공부를 해야 하고 생활을 배우면서 현실과 삶에 익숙해져가야 한다고 생각했다면 그렇게 막막하지는 않았을 것이다. 하지만 나는 습득에는 관심도 의욕도 재능도 없었다. 내가 가장 혐오스러워한 친구는 어른들과 천연덕스럽게 일상적인 이야기를 나누는 아이들이었다. 나는 어른들과 나 사이의 거리에, 세계와 나 사이의 거리에 예민했고, 극복할 수 없는 괴리를 느꼈다. 어떻게 내가 간여하지 않았던 이 세계를 승인하고 권위를 부여하고 그리고 참여할 수 있을 것인가? 그것은 이 세상의 모든 어른에 대해서도 마찬가지였다.

나는 세상에 대한 의심으로 가득 차 있었고 승복할 수 없었다. 나는 바깥 담장을 따라 끝없이 돌고 있는 기분이었다.

*

A는 무정부주의자 anarchist, B는 복서 boxer, C는 절정 climax, D는 운명 destiny…… E는 황홀 ecstasy, F는 자유 freedom, G는 게릴라 guerrilla, H는 심장 heart, I는 환상 illusion…… J는 징크스 jinx, K는 부엌 kitchen, L은 좌파 leftists, M은 달빛 moonshine…… N은 나르시시즘 narcissism, O는 아웃사이드 outside, P는 개성 personality, Q는 정적 quiet, R은 회상 recollection, S는 고독 solitude, T는 재능 talent, U는 미확인 물체 U.F.O, V는 모서리 verge, W는 날씨 weather, X는 크리스마스 X-mas, Y는 그대 you, Z는 차라투스트라 Zarathustra……

노트에 단어들을 쓰고 있는데 누군가 문을 두드렸다. 뜻밖에도 김해경이었다. 늘 그렇듯이 튜닉형의 흰색 셔츠와 거의 흰색에 가까운 베이지색 조끼와 같은 색의 바지 차림이었다.

"계속 혼자 있었어?"

그의 얼굴에 반가움과 안쓰러움이 비껴갔다. 그 얼굴을 보자 나 역시 가슴이 뭉클했다. 발성을 위해 짐승처럼 소리를 내지르고 무대 바닥에 몸을 던져 뒹굴고, 때론 함께 모욕감을 느끼고, 분노하고, 눈물을 흘리고, 서로의 몸에서 소금을 털어주며 한 공간에서 동고동락한 시간이 만들어낸 순수한 연대감이었다.

"옷 입고 나와."

나는 방문을 닫았다. 그리고 반바지를 벗고 청바지로 갈아입었다.

"어디 가요?"

문 밖을 향해 묻자 어긋난 대답이 돌아왔다.

"내일 돌아올 거야."

나는 옷을 입고 가방을 든 채 방 안에 잠시 서 있었다. 그리고 나갔다. 골목 입구에 낯익은 차가 세워져 있었다. 나는 긴장했다. 하지만 최교수가 타고 있지는 않았다.

"나도 휴가 받았어. 차를 빌려주더군."

차가 시내를 빠져나갈 동안 어쩐지 불안했다. 어딘가에서 최교수가 자신의 차를 바라보고 있을 것만 같았다.

"혼자 가려다가, 혹시 하고 들러봤어. 만에 하나, 고아께서 휴가 내내 혼자 방 안에서 지내고 있으면 구해주려고."

김해경은 심상하게 말했다. 나는 안전벨트를 맸다. 자동차 여행은 처음이었다. 에프엠 라디오에서 〈알함브라 궁전의 추억〉이 기타 연주로 흐르고 있었다.

"어디로 가요?"

"서해안 쪽. 망경강과 김제평야 지나 격포, 변산반도 어디쯤 있는 해안가의 작은 절을 찾아볼 생각이야."

"아, 그렇게 먼 곳까지……"

갑자기 예기치 못한 해방감이 몰려왔다. 나도 모르게 등을 쭉 펴며 양팔을 앞으로 길게 뻗었다. 김해경이 그런 나를 잠시 서글픈 눈으로 쳐다보았다. 차가 고속도로에 진입하자 액셀러레이터를 깊숙이 밟으며 말했다.

"달려볼까?"

"좋아요."

"우수련, 나와 약속해."

"무엇을요?"

"아무 걱정 않겠다고."

스스로 조카라도 대하듯, 아무 일도 일어나지 않게 하겠다고 다짐하는 것 같았다. 아마 그런 다짐을 조건으로 나를 데리러 온 것 같았다.

"그럴게요."

나는 김해경을 향해 처음으로 스스럼없이 활짝 웃었다. 그의 표정도 눈에 띄게 가벼워졌다. 첫 휴게소에서 내려 수량이 많아 범람할 듯 흐르는 강을 내려다보며 커피를 마시자 드디어 여행을 떠난 실감이 났다. 우리는 변변찮은 매점에서 이름 없는 레코드사에서 나온 테이프를 하나 골라 다시 차에 올랐다. 첫 곡은 비지스의 〈홀리데이〉였다. 예상 외로 녹음 상태가 아주 좋았다. 락웰의 〈나이프〉와 호세 펠리치아노의 〈레인〉이 잇달아 흘러나왔다. 갑자기 삶이 팔을 활짝 벌려 이유 없는 선의의 물결을 내 가슴으로 흘려보내는 것 같았다. 나는 안도의 숨을 길게 내쉬었다.

간간이 휴게소에 내려 지도를 보고, 아이스크림이나 콜라를 마시고 기름을 넣었다. 그리고 시시한 이야기들을 주고받았다. 이를테면 단원들이 모두 삼 킬로그램 이상 살이 빠졌다는 걱정과 이민 간 친구들 이야기, 밥집 아줌마의 맛있는 고등어조림과 너무 매운 부추전에 대해, 그리고 '망각의 걸상' 마담의 인상과 두 여인의 과거에 대해……

조금은 달랐지만 두 여인은 무능한데다 폭력까지 휘두르는 남편을 피해 아이들을 데리고 야반도주해 이 소도시의 시장에 숨어들었다고 했다. 절에 가는 것이 유일한 낙이며,

두 집 다 아들들은 좀 모자라지만 딸들은 여간내기가 아니라는 이야기 그리고 김해경의 머리에 떠오른 가족의 기원……

"영어의 패밀리의 어원은 가내 노예라는 뜻이야. 아내, 자식 같은 혈연관계를 말하는 게 아니라 논, 밭, 집, 가축, 노예 같은 한 남자에게 속한 생산 도구이지. 요즘은 사랑과 낭만 때문에 결혼하지만, 사실 가정의 기원은 경제단위이고 노동이 수행되는 장소이지. 그리고 그 공간에서 여자와 자식도 말 그대로 노예이고 생산 도구였던 거야. 스위트 홈이니, 모성이니, 혹은 휴식처니 하는 말은 전부 남자의 시각에서 요구한 말일 뿐이지."

나는 고개를 끄덕였다. 그래서 그랬구나. 그래서 견딜 수 없었구나……

"사랑을 강조한 건 남자들이었지. 여성이 자기 역할에 합의한 것처럼 보이게 하고 인간적인 것처럼 보이게 하기 위해서. 수련도 잘 기억해둬."

"그러면 어떤 결혼을 해야 하나요?"

"어떤 결혼이든 좋지 않다고 봐야지. 현대의 가정은 전형성도 잃었고 그렇다고 새로운 합의도 없는 채 저마다 떠돌고 있어. 모두 다른 결혼들이지. 그래서 끊임없이 질문이 되는 거야. 시장바닥에서라도 먹고살 길만 있으면 여자들은 뛰쳐나가고, 남자들은 아침에 나갔다가 영영 돌아오지 않지. 원형적인 결함을 가진 결혼과 가족제도 속에서 아무리 질문해본들 무슨 방법이 있겠어…… 하긴, 좋은 사람들끼리 하는 좋은 결혼이 없지는 않겠지."

그는 몹시 우울한 얼굴로 자신을 나무라듯 말했다.

서해안 격포에 도착했을 때 공교롭게도 일몰 시간이었다. 둑을 연 듯 빈 갯벌에 물이 몰려들어오고 붉은 해는 무엇에 눌린듯 타원형으로 이그러지며 아래로 미끄러지고 있었다. 서책을 쌓아둔 듯하다는 해안의 기암괴석 언덕이 붉게 물들고 여객선이 돌아오고 있었다. 해가 바다 뒤로 떨어지자 허공은 더욱 붉고 환해졌다. 김해경의 새하얀 얼굴과 흰 셔츠가 선홍빛으로 물들었다. 해안엔 잔광이 어려 오랫동안 시간이 비현실적인 공간에 묶여 있는 것 같았다. 나란히 해안 바위들을 밟고 산책하는 사이 물이 가득 차고, 그리고 어느 사이 만월이 떠올라 있었다. 해와 달이 바다를 밀고 당기는 것이 그곳에서는 다른 어느 곳보다 분명했다.

"달이 없으면 하루는 겨우 여덟 시간일 거래요."

"그래?"

"달이 당겨주지 않으면, 지구엔 언제나 돌이 날아다닐

정도로 강풍이 불 거래요. 사람이 고개를 숙이고 짐승처럼 기어야 할 정도로요."

"그래?"

"그리고 얼마나 밤이 캄캄했을까요?"

"그래?"

김해경은 나를 놀리듯 그래? 하면서 웃기만 했다.

"왜, 그래? 만 해요?"

"하하……"

이번엔 그래? 라는 말 대신 김해경은 소리를 내어 웃었다.

"네게서 풋내가 나서 그래. 난 뭐가 없으면 하는 가정을 해본 지가 무척 오래되었거든. 뭐가 있으면 하는 가정도. 특히나 달 같은 것, 별 같은 거, 바다 같은 거 말이야. 그런 건 어릴 때나 하는 거니까. 어른은 이 세계에 대해 가정하지 않고, 이유를 묻지도 않지. 그냥 묵묵하게 사는 거야."

"그런데 연극은 왜 해요?"

"그건 내가 묵묵하게 사는 형식이야."

김해경은 그래? 할 때처럼 여전히 웃고 있었다.

젓갈과 갓김치와 매운탕으로 저녁을 먹고 달빛이 내리는 서해안을 따라 조금 더 올라가 밤이 늦어서야 여관에 들었다. 김해경과 두번째로 보내는 밤이었다. 우리는 따로 이불을 펴고 홑이불을 한 장씩 덮고 누웠다. 그의 당부대로 나는 전혀 걱정하지 않았다.

하지만 잠이 들 무렵 문득 초록 색종이 속에 씌어 있던 김해경의 이름이 눈앞에 떠올랐다. 잠이 화들짝 깨어버린 나는 멍하니 천장을 보고 있다가 뒤척이며 돌아누웠다. 김해경은 천장을 향해 반듯하게 누운 채 미동도 없었다. 장난이야…… 곧 다들 잊을 거야…… 나는 낯선 방의 서늘한 벽에 아프도록 이마를 짓눌렀다. 언젠가 돌아보면, 어디가 어딘지도 모를 먼 서해안 여관에서 단둘이 그렇게 누워 있었던 것을 결코 납득할 수 없을 것 같았다.

다음날 김해경은 김제평야로 돌아가 오전 내내 해안가에 있다는 작은 절을 찾아헤맸다. 해안과 닿은 평야의 가장자리를 돌며 산길로 들어섰지만 번번이 돌아나왔다. 세번째엔 들어선 좁은 숲길의 끝에서 차를 세우고 좀 걸었다. 매미가 쇳소리를 내며 날카롭게 울어댔다. 정수리를 파고드는 듯 그악스럽고 질긴 매미 소리가 서로 겹쳐져서 마찰을 일으킬 때마다 나뭇가지를 타고 전류가 떨어지는 것 같았다.

"매미들을 잡아다 발전소를 차려도 되겠군."

김해경이 중얼거렸다.

숲의 끝은 갯벌이 드러난 바다였다. 달에게 끌려나가버린 서해는 바다에서도 바다가 멀었다. 나는 낭떠러지 끝에서 유난히 바다를 향해 몸을 뻗은 해송에 몸을 기댔다. 김해경이 주춤하며 내 몸을 나무에서 떼어냈다.

돌아서서 무심하게 나무를 살피던 나는 소스라치게 놀랐다. 매미가 등을 찢고 나간 밀짚색의 껍데기가 해송 줄기에 일정한 간격으로 다닥다닥 붙어 있었다. 등이 툭툭 터진 허물들은 소름이 끼치도록 매미 형상 그대로였다. 나는 눈을 꽉 감고 몸을 돌려버렸다.

"봐. 죽음이란 이런 걸 거야."

김해경이 나의 팔을 당겨 몸을 돌려세웠다. 눈을 떠서 보니 여전히 나무 둥치를 꽉 붙들고 있는 텅 빈 허물들은 모두 열다섯 마리쯤 되어 보였다.

"이게 왜 죽음이라는 거죠? 껍질을 찢고 나간 매미는 나뭇가지 위에서 맹렬하게 울고 있는데……"

"죽음도 단지 이곳에서 빠져나갈 뿐인지도 모르지. 어딘가 다른 곳에서 또 저렇게 맹렬히 우는지도."

"그런데 왜 이렇게도 허물이 무섭죠? 이렇게도 정교한 허물이 너무 무서워요."

"한때의 형식이, 그 정밀한 실존의 틀이 이렇게도 공허할 수 있다는 깨달음이 가져온 공포겠지. 헛것이 아직도 아득바득 나무 둥치를 붙잡고 있으니……"

김해경이 나의 머리 위에 손을 올리고 위로하듯 흔들어 주었다.

김해경은 결국 망해사란 절을 찾지 못했다. 그 절 이름이 바다를 바라본다는 뜻인지, 바다를 향해 서서 바다를 잊는다는 뜻인지 짐작하기 어려웠다. 돌아오는 길에, 커피를 마시고 떠났던 휴게소에서 내려 저녁 강을 내려다보았다. 김해경은 불어난 여름 강의 유유한 흐름에 마음을 다 빼앗긴 듯했다. 그는 어느 곳에든, 누구 곁에든 오래 머물 사람 같지 않았다. 불행과 도주도 습관이 된다. 어른이라지만 그의 질료 속엔 슬픔과 불안과 열정과 몽상이 너무 많았다.

"왜 그렇게 보니?"

김해경이 물었을 때야 나는 눈을 깜박였다. 그의 얼굴을 빤히 보고 있었던 모양이었다.

"고마워서요."

나무에 다닥다닥 붙어 있던 등이 찢어진 매미들의 껍데기가 떠올랐다. 한때의 형식, 그 정밀한 실존의 틀…… 시간의 흐름 속에서 우리는 원하든 원하지 않든, 몇 번이고 산 채로 등이 터지는 아픔을 겪게 되겠지.

"나도 수련이 네가 고마워."

김해경이 웃었다. 언젠가처럼 갑자기 슬픔이 절박하게 어리는 웃음이었다.

스무 살을 삶으로 끌고 가지는 마라

휴가가 끝난 날 마리가 나타나지 않았다. 단원들 중 유일하게 집을 아는 사람은 나였다.

마리가 '망각의 걸상'에서 만취해버렸던 날 내가 집으로 데려다준 적이 있었다. 마리에게 꽃바구니가 온 날이었다. 마리는 '망각의 걸상'에 우리를 데리고 가 꽃을 맥주와 바꾸었다. 마담은 맥주 다섯 병을 내어준 후 신속하게 꽃들을 나누어 테이블마다 꽂더니 흡족해했다. 마리는 그날 다른 테이블의 남자 손님에게 위스키를 스트레이트로 받아마신 후부터 몸과 의식의 균형을 잃어버렸다.

택시를 타고 따라간 마리의 방은 일층에 세탁소가 들어 있는 다가구 주택의 삼층이었다. 방 하나에 거리로 난 긴 창과 좁다란 마루가 있는 구조였는데, 두어 달 살다가 떠나야 하는 나와 형편이 비슷해 보였다. 부엌엔 어딘가에서 딸려온 듯한 스테인리스 컵 하나와 플라스틱 컵 두 개, 커피 스푼 하나, 이동식 야외 가스버너가 전부였고 좀 커다란 방엔 한 벽면 전체에 커튼을 둘러 그 속에 옷을 걸었다.

값싼 싱글침대는 방 한가운데에 덩그러니 놓여 있었다. 침대 위엔 스타들의 얼굴사진 엽서가 흩어져 있고 바닥에도 놀랄 만큼 많은 스타 사진들이 내던져져 있었다. 청바지와 신었다가 벗은 검정색 스타킹 사이에, 유리처럼 투명하고 굽이 높고 파란 꽃이 장식된 슬리퍼에 눌린 채, 카세트 라디오와 테이프 몇 개 위에, 재떨이와 일회용 라이터와 뒤섞여 함부로 떨어져 있었다. 벽에는 그림액자 하나, 달력 하나도 걸려 있지 않았다. 거울조차 없었다. 마리는 발로 바닥의 물건들을 밀쳤다. 한심해. 시녀가 없어서 이 꼴로 살지 뭐니. 정말 참기 어려워, 하는 태도였다.

마리는 침대에 눕고 나는 걸터앉았다.

"우리도 언젠가는 남들과 비슷하게 살게 될까?"

언뜻 의미를 알 수 없는 말이었지만 이해는 되었다.

"언젠가는 그럴 거야. 남들과 다르게 살아도 결국 별다르지가 않은 거야. 그걸 알게 되는 날이 오겠지."

나 역시 수수께끼 같은 말을 했다.

"나도 아이를 둘쯤 낳고 분유와 기저귀를 사들이고 동네 빵가게에 빵을 사러 가고, 남편의 생일상을 차리고 제사를 지내러 시댁에 가서 전을 부치는 그런 삶을 살게 될까…… 때론 그전에 너무 멀리 가버릴까봐 두려워. 서른 살이 되지 못하고 죽는 사람들이 있잖아. 나도 가끔 그 부류가 아닐까 하는 생각이 들곤 해."

너무 멀리 가도, 얼마 가지 못해도, 서른 살이란 어차피 난처한 나이일 것 같았다. 그런 생각은 영신과 상경과 나, 모두들 가지고 있는 스무 살의 보편적인 생각이었다. 아니면 서른 살이란 소녀들로선 상상력의 종말인지도 모른다. 서른 살에 대해선 상상의 질료가 아직 없는 것이다.

"넌 무엇이 갖고 싶니?"

마리가 물었다. 나는 무엇을 갖고 싶다는 생각 자체를 가능하면 하지 않았었다. 이를테면 튼튼한 가죽신발이나 온갖 것을 다 넣어다닐 수 있는 커다란 가방, 넉넉한 속옷들과 질 좋은 청바지나 몽블랑 만년필, 커다란 책상과 세계문학전집과 19세기 화가들의 화집, 자전거와 카메라, 로맨틱한 원피스 한 벌, 날카로운 잭나이프, 매끄럽고 작은 손톱깎이. 무엇보다 직장이 있고 관대한 아버지, 여행을 갈 수 있는 돈과 워크맨과 구겨지지 않는 모자…… 생각해보면 우리가 갖고 싶은 건 두서없는 것이고 아주 많을 수도, 간단할 수도 있었다.

"생각해본 적 없어. 생각하면 공연히 애가 탈 것 같아서."

마리가 고개를 끄덕였다. 나는 갖고 싶은 것들 대신, 단어들을 일기장에 적는지도 몰랐다.

"오늘 꽃다발 보내준 남자 말이야…… 그 사람 쉰 살이나 됐어. 제주도의 호텔로 여행을 가재. 여행을 다녀오면 학원비와 공부할 동안의 생활비를 도와주겠대."

"갈 거니?"

"모르겠어. 사실은 벌써 삼 개월이나 만나고 있어. 이렇게 되려고 한 건 아닌데…… 난 지금 어딜 향해서 가는 걸까. 갑자기 벼랑이 나타날 것만 같아. 방향을 돌릴 수도 없는 좁다란 지점에서, 나는 그때 무사히 뒤로 걸어나올 수 있을까……"

마리의 이층 방은 굳게 잠겨 있고 벨을 눌러도 기척이 없었다. 나는 아래층으로 내려가 세탁소에 들렀다. 이층에 사는 마리라는 이름을 입에 올리자 서른 중반쯤 되어 보이는 세탁소 여자는 천장에서 늘어뜨려진 코트들 속에 머리를 반쯤 묻은 채 단추를 달다가 나를 빤히 보았다. 남자는 계속 스팀 다림질을 했다. 세탁소 안은 몹시 더워서 이내 땀이 흐르기 시작했다. 천이 눌은 듯한 노린내가 났다.

"누군데요?"

"친구예요. 오늘 만나기로 했는데 안 나와서요."

세탁소 여자는 일감을 놓고 온전히 내 쪽으로 몸을 돌렸다.

"난리가 났었어요. 그저께 어딜 멀리 가는 것처럼 여행가방을 들고 요 앞에 나와 늘 오던 그 승용차를 기다리는 것 같았는데 건너편에서 흰색 중형차가 서더니 여자 셋이 내려 천둥처럼 우르르 달려오더라구요. 그리고는 다짜고짜 패기 시작하는데…… 체구도 좋은 여자 셋이서 애를 당기고 밀치고 벽에 붙여놓고 따귀를 때리고 핸드백으로 머리를 치고…… 말릴 틈도 없었어요. 우리 아저씨가 겨우 뜯어말렸지만 이내 화악 긁어버리고, 머리채를 화악 휘어잡고 화악 밀어 넘어뜨려버리니…… 우리 아저씨 아니었으면 그날 아가씨 정말 병원 실려 갔을 거야. 나중에 그 남자가 도착했을 때는 여자들이 가고 난 뒤였지. 어디서 숨어서 보고 있었던 것처럼 여자들이 가고 나니까 곧바로 나타나 세탁소로 불쑥 들어오더라고. 차에 태워갔는데 그리고는 감감무소식이에요. 세상에 그 아가씨도 몸이 작지는 않은데, 어쩌자고 그렇게 죽어라고 맞고만 있는지……”

*

마리의 소식에도 김해경은 크게 낙담하는 것 같지는 않았다. 이미 포스터가 붙었고 티켓이 예매처로 넘어갔으며 공연은 이제 일 주일 정도밖에 남겨두지 않은 상태였다.

“돌아올 거예요. 너무 상심 마세요.”

나의 말에 해경은 무심히 시선을 되돌려주었다. 마치 벽을 보고 말한 것 같았다. 해경의 표정은 불과 하루 전, 여행에서 나란히 돌아왔던 날과 달리 잔뜩 경직되고 어두웠다.

“넌 괜찮니?”

그가 얼마나 염려스럽게 말했는지, 나에게 생긴 나쁜 소식을 나만 모르고 있는 기분이었다.

“무슨 일이라도 있나요?”

나도 모르게 그렇게 물었다. 해경은 고개를 완강하게 저었다.

“아냐, 무슨 일은.”

해경은 갑자기 나의 손을 꽉 잡았다. 나의 얼굴이 붉어졌다.

"수련아, 다 괜찮을 거야."

어조가 어찌나 결연한지 갑자기 나를 끌어안기라도 할 기세였다.

그 주의 수요일은 영신의 생일이었다. 우리는 마리가 없는 대로 연습을 하고 '망각의 결상'에서 축하 파티를 했다. 그리고 상경이 마구 우겨 김해경의 양쪽 팔짱을 낀 채 디스코텍으로 가기 위해 나섰다. 저녁 아홉시경이었다.

큰 제과점이 있는 사거리의 교차로에서 길을 건너기 위해 우르르 묶여 서 있는데 한 남자의 거동이 시선을 끌었다. 머리가 약간 벗겨진, 여름 점퍼 차림의 사십대 후반의 남자가 택시를 잡기 위해 빵가게 앞 차도에 내려서 있었다. 그 남자의 곁엔 삼십대 중반쯤으로 보이는 수수한 원피스 차림의 여자가 남자의 팔을 꼭 끼고 몸을 깊숙이 기울인 채 서 있었다. 여자의 얼굴엔 활짝 핀 꽃 같은 웃음이 어려 있었다. 곧 일어날 일들을 꿈꾸는 얼굴이지만 그 꿈을 너무나 잘 알고 있는 듯한 달콤한 기대로 피어난 표정…… 아버지는 택시를 잡았고 여자를 태운 뒤에 차에 올랐다. 그리고 신호가 바뀌어 우리 일행은 횡단보도를 건넜다.

나는 갑자기 심술이 나 횡단보도 끝에서 택시로 바짝 다가가 뒷좌석을 들여다보았다. 아버지와 눈이 마주쳤다. 아버지는 택시에 오른 뒤 어느 순간에 이미 나를 본 것 같았다. 신호가 바뀌고 택시가 움직였다. 아버지의 활짝 열린 눈이 지나갔다.

"왜 그래, 아는 사람?"

상경이 큰 소리로 물었다.

"응 우리 아버지. 다른 여자랑 가네."

나도 큰 소리로 대답했다. 다들 와르르 웃었다. 나도 웃어댔다. 웃음을 주체할 수가 없었다. 김해경의 얼굴만 나무라는 듯 굳어 있었다.

좁고 긴 삼층 계단을 올라가 문을 열었을 때, 유흥의 소란이 우리를 덮쳤다. 콜라와 맥주가 엎질러진 냄새와 곰팡이 냄새 냉방 특유의 공허한 습기 냄새, 밴드들의 풋냄새 풍기는 연주와 디스크자키의 외침과 고막을 울리는 디스코 음악, 꼭 닫힌 창들, 그 와중에 사각기둥의 거울이나 뒷벽의 거울에 바짝 붙어서서 자신을 골똘히 바라보며 춤추는 남자아이들…… 날벌레처럼 빠르게 돌아다니는 물방울 모양의 색색가지 조명빛…… 어차피 서로 무슨 말을 할 필요도 없고 할 수도 없었다. 오직 춤을 출 수 있을 뿐이었다. 김해경은 내내 홀 가장자리에 놓인 테이블에 앉아 두 팔을 세우고 맥주만 마셨다. 모래 위의 물처럼 이내 새어버릴 것만 같은 방어적인 자세였지만 끝까지 그 자리를 버텼다.

디스코텍에서 나와서도 나는 유독 웃어댔다. 해경이 그런 나에게 할말이라도 있는 듯 화난 얼굴로 쳐다보았다. 웃음이 어느 정도 진정되자 이번엔 눈물이 어렸다. 몸 속의 얼음 조각이 녹듯이 두 눈에 아슴한 김이 어려 부풀어오르다가 눈을 깜박일 때면 그만 툭 터지며 흐르는 눈물. 눈물 속에 엄마의 얼굴이 커다랗게 팽창해 앞을 막아서곤 했다. 엄마만 아무도 속이지 못하고 사는 것 같았다. 잔인한 삶을 한순간도 속이지 못하고 혼자서 감당하고 있었다……

다들 나처럼 감정이 불안정했는지도 모른다. 소식 없는 마리 때문이거나 연습이 막바지에 이르러 전체 윤곽이 드러나면서 느끼게 되는 실망감과 피로이거나 해경의 굳은 표정 때문이거나…… 다들 맥주와 소주를 사들고 다시 극장으로 돌아갔고 무대 아래의 공간에 퍼져앉아 술잔을 더 돌렸다.

최교수가 바람을 일으키며 극장 안에 휙 들어선 건 자정이 다 되어서였다. 재헌이 〈송악사〉를 부르고 있었다. 최교수는 열려 있던 극장문으로 바람을 일으키며 들어와 빳빳하게 선 채 우리 모두를 노려보았다. 모두들 이상할 정도로 우울하고 물에 빠졌다가 건져진 사람처럼 축 처져 있었다.

"교수님, 술 한잔 하세요."

상경이 잔을 들며 말했다. 혀가 말린 소리였다. 최교수는 상경과 영신과 나를 사납게 훑어보고는 한마디 했다.

"사람이 들어왔는데 최소한 자리에서 일어설 줄도 모르는군."

"하도 놀라서요."

재헌이 뒤늦게 일어섰다.

"그래요, 내 입장에서도 정말 놀랍군요. 술에다 담배에다 이 늦은 시간에 고성방가까지……"

"집단혼숙과 고성방가죄로 신고하시지 어떻게 직접 왕림하셨어요?"

상경이 가시 돋친 말을 했다.

최교수는 노여운 얼굴로 상경을 노려보았다. 우리는 모두 긴장했다. 최교수의 불편한 침묵이 길어지자 결국 시인하는 결과가 되고 말았다. 최교수는 마침내 도움을 청하는 얼굴로 김해경 쪽으로 시선을 돌렸다.

"대체 당신 뭐 하는 사람이에요?"

최교수는 누구에게든 거의 직업병적 태도로 나무라거나

명령하고 다그쳤다.

"내일 이야기하고 그만 돌아가."

해경이 낮게, 그러나 단호하게 말했다.

"난 당신을 이해할 수가 없어요."

해경은 대꾸 없이 잔에 소주를 따랐다.

"다들 얼른 돌아가요."

최교수는 우리에게 화살을 돌렸다.

"경찰이 오기 전에는 안 돌아가요. 또 신고하세요."

상경이 우리에게만 들리는 낮은 목소리로 속살거렸다. 영신이 킥 웃었다.

"얘들이 뭐라고들 하는 거야?"

최교수가 상경에게 면박을 주었다.

"그만둬. 애들에게 당신이 왜 이래라 저래라 해?"

"내가 왜 못 해요?"

"돈 대주었다고 해서 무슨 짓이든 해도 되는 줄 알아? 착각하고 있는 것 같은데, 나라면 몰라도, 이애들은 당신과 장모의 관리 대상이 아니야."

해경이 소리를 질렀기 때문에 모두들 긴장했다. 최교수가 몸을 바르르 떨었다. 연약해서가 아니라 분노 때문이었다. 해경이 자리에서 일어섰다. 그리고 최교수를 이끌었다.

"소리질러서 미안해. 곧 들어갈 테니 먼저 가."

해경은 부드럽게 말하고 최교수를 데리고 나갔다. 아마 큰길로 나가 택시를 태워주고 오려는 것 같았다.

"수련, 오늘이야."

상경이 반쯤 비어 있는 나의 맥주잔에 소주를 섞으며 말했다.

"빨리 마셔."

"무슨 말이야?"

재헌이 끼어들었다.

"그런 게 있어. 우수련, 네가 할 일 알고 있지? 난 지금 가서 새를 날려보낼게. 알았지?"

상경의 시선이 울어서 언저리가 붉은 내 눈 속으로 깊게 파고들어왔다. 나는 술잔을 들고 마셔버렸다. 상경이 다시 맥주와 소주를 섞어 부었다. 나는 술잔을 노려보았다.

"나 좀 데려다줘."

영신이 불쑥 재헌에게 말했다.

"수련은?"

"수련은 오늘 상경이 방에서 잘 거야."

그뒤로는 모든 말이 웅웅거렸다. 화면은 이미 지워져버

린 뒤였다. 단지 움직임의 기척만 흐릿하게 감지되었다. 재헌이 무어라고 말하며 영신과 자리를 뜨는 것 같기도 했다. 나는 천천히 맥주잔을 들어올렸다. 그리고 마셨다.

상경이 나에게 무어라고 반복해서 당부했다. 들리지는 않았다. 나는 이미 나를 잃은 상태였다. 아마 상경이 떠나자마자 꼬꾸라졌을 것이다.

"수련아, 우수련…… 이거 좀 삼켜."

해경이 자꾸만 나의 뺨을 두드렸다. 그리고 한 손으로 턱 양쪽을 눌러 입을 열게 했다. 나의 입이 벌어지자 알약을 밀어넣었다. 눈을 뜨자 그는 물이 담긴 컵을 입에 디밀었다. 나는 미지근한 물을 삼켜야 했다. 컵에서 비릿한 냄새가 났다. 그 순간 장을 누가 힘껏 아래로 잡아당기는 듯 아득해지더니 그만 구토가 올라왔다. 두 손으로 입을 틀어막았지만 소용없었다. 맙소사……

묽은 토사물이 코와 손가락 사이로 흘러나왔다. 다행히 극장 바닥을 버리지는 않았지만, 기분은 최악이었다. 쉰 냄새가 왈칵 공기 속에 섞이고 눈에서까지 구토물이 새어나오는 것 같았다.

해경은 나를 부축해 화장실로 데려가 수습했다. 나는 그

사이에 변기를 안고 한 번 더 구토를 했다. 그는 자신의 푸른색 셔츠를 벗어주었다. 여기저기 얼룩이 진 옷을 벗고 푸른 셔츠로 바꾸어 입었다. 그리고는 아무 생각도 없는 척하며 해경이 깔아둔 이불 위에 드러누웠다. 해경은 벽에 기대앉았다. 일부러 불을 켜둔 분장실 문틈으로 새어나오는 불빛에 윤곽만 흐릿하게 보였다. 나는 눈을 꼭 감아버렸다. 배를 타고 흘러가는 것같이 멀미가 났다. 유유히 흐르는 넓고 깊은 밤의 강물, 강변엔 불빛 하나 없는 빈 들판, 물위에 앉아 있는 검은 철새들, 검푸른 하늘의 검은 구름…… 다른 여자와 택시에 실려 어딘가로 가버리는 아버지의 모습과 엄마의 얼굴이 자꾸만 눈에 어렸다. 다시 크기를 가늠하기 어려운 슬픔이 몰려왔다. 눈물이 또 넘쳤다.

"수련, 성재 소식 정말 모르니?"

"……"

아무래도 심상치 않게 들렸다. 어둠 속에서 나는 눈물이 흐르는 눈을 까맣게 뜨고 있었다.

"성재 구류 받고 경찰서에 들어가 있어."

나는 죽은 듯이 가만히 있었다.

"자니? 수련아……"

잠시 침묵이 흘렀다.

"구류 살고 나면 아마 곧바로 군대 들어갈 거야…… 그런 식으로 가면 무지막지하게 당할 텐데……"

나는 할 수만 있으면 그대로 잠들어버리려고 했다. 하지만 삼십여 분이 지났을 때, 내 몸이 들썩거리기 시작했다. 마치 물결이 치듯 들썩거린 뒤에 갑자기 울음이 터져나왔다. 속살이 길게 찢어지는 것 같은 날카로운 울음소리였다. 온종일, 아니 며칠 동안 참아온 울음이 터진 것이었다. 울음이 좀처럼 그치지 않자 해경이 내 곁으로 다가와 등을 두드렸다.

등을 두드리던 손길이 어느 사이 가만히 등을 쓸어내리기 시작했다. 나의 울음이 잦아들자 해경은 고단한지 나의 등뒤에서 모로 누웠다. 그는 계속 긴 한숨을 쉬었다.

"수련아, 실은 연극도 무대에 못 올릴 것 같다."

"……"

"조사중이라니까, 곧 내게도 무슨 일이 일어날 거야."

다시 슬픔이 몰려와 새로운 울음이 터졌다. 뭐가 문젠지 묻고 싶었지만 목과 코가 막혀 소리가 나올 것 같지 않았다. 어차피 내 슬픔은 이유도 없는 그냥 무모한 여름의 슬픔 같았다.

해경이 내 몸을 돌려 끌어안았다. 나는 그의 품안으로 파고들었다. 그가 나의 등을 쓸어내리고 땀과 눈물에 젖은 머리카락을 넘겨주었다. 얼굴은 눈물에 젖고 온몸엔 식은땀이 흘렸다. 깜박 잠이 들려 할 때쯤 등을 두드려주던 해경의 손에 힘이 빠지더니 포옹이 스르르 풀리고 팔이 툭 떨어져나갔다.

어둠 속에서 다시 깨었을 때 시간은 아직 세시였다. 겨우 삼사십 분이 흘렀을 뿐이었다. 그사이 밖에는 비가 내리고 있었다. 창에 씌운 차양에 비 떨어지는 소리가 커다랗게 들렸다. 한여름밤의 공기도 서늘하게 식어 있었다. 오한 때문에 잠이 깬 것 같았다.

해경은 곁에서 고르게 숨쉬며 잠들어 있었다. 화장실을 다녀와 해경에게 등을 돌리고 다시 웅크려 누웠다. 눈을 감자 어둠 속에서 빙산 같은 거대한 암흑이 얼굴을 부서뜨릴 기세로 덮쳐왔다. 나는 잠 밖으로 튕겨나오듯 눈을 떴다. 그와 동시에 시간은 선로 한가운데에 멈추어 서는 기차처럼 완강하게 멈추었다.

무섭도록 적막했다. 바위 같은 광물질의 세계에 눌려 오직 혼자 말랑말랑하게 살아 있는 것 같은 절박한 고립감이 몰려왔다. 맥박 뛰는 소리와 심장 박동 소리가 들리고 뇌의 혈관들이 수축되는 비명 소리가 들리고 살갗 속에 차가운 습기가 축축하게 번지는 것이 느껴졌다.

절대로 시간이 움직일 것 같지 않았다. 평범한 하루하루

속에 존재하는 정말 죽을 만큼 숨막히는 시간의 공동과 마주친 것이었다. 존재가 물질로 풀어지며 스스로의 손으로 목을 조이는 시간. 의식을 버리지 못한다면 육체라도 버리고 싶은 시간이었다. 무엇이든 살아 있는 것이라면, 그 무엇에든 파고들고 싶었다. 입술 안에 피가 배는 듯했다. 얼마나 견뎠을까…… 나는 해경에게로 돌아누웠다. 그리고 눈을 꽉 감고 입을 앙다물고 얼굴이 부서져라 그의 품안으로 파고들었다. 두부 속으로 파고드는 뜨거운 냄비 속의 미꾸라지처럼. 해경이 가슴이 밀리며 잠결인 것처럼 나를 붙잡았다. 그는 잠시 숨도 쉬지 않고 망설였다. 나의 불편한 호흡이 지나가는 동안 해경의 심장으로부터 두 팔로, 심장으로부터 머리끝으로 떨림이 흘러다녔다.

그의 손이 나의 이마를 덮더니 천천히 아래로 쓰다듬었다. 내 얼굴은 온통 눈물로 젖어 있었다. 김해경은 달아나는 새를 잡듯 갑자기 나를 끌어안았다. 우리는 두 마리 새처럼 잠시 푸드덕거렸다. 해경도 그랬을까…… 그런 식으로라도 칠흑 같은 삶의 얼굴을 안고 소통해야 했을까. 좀처럼 옷이 벗겨지지 않았다. 팔과 다리와 입술로 무언가를 찾으려 하면서, 사실은 여전히 뒷걸음질치는 것만 같았다.

*

어둠 속에서도 요 위에 새겨진 단풍잎 모양의 얌전한 얼룩이 보였다. 첫경험은 형편없었어. 하긴, 남자에게 첫경험이 무의미한 것처럼 실제로 여자에게도 첫경험이라고 굳이 간직할 만한 건 없어. 그건 첫경험이 여자의 생을 지배하는 운명이 되어버렸던 지나간 시대의 말이라구. 짜증을 담은 영신의 말이 떠올랐다.

'그건 소통이었어. 이 단절된 세계의 틈에 머리를 들이민 밀통이었다구.'

다음에 누군가가 나에게 첫경험을 묻는다면 그렇게 말해주고 싶었다. 우리는 다시 잠들었다. 아침이 되어 누군가 문을 마구 두드릴 때까지. 여덟시였다. 비가 내려 도로 저녁인 것 같은 어둑한 아침이었다.

"스무 살이 인생이 되게 하지는 말아라. 스무 살은 스무 살일 뿐이야. 삶으로 끌고 가지는 마."

김해경이 일어서서 문을 향해 나가는 나에게 말했다. 나는 짧게 돌아보며 약간 찡그린 얼굴로 고개를 끄덕였다.

문 밖엔 최교수가 서 있었다. 신발장을 이미 조사했는지 최교수는 전혀 동요 없이 나를 보았다. 화장기가 지워진, 처음 보는 맑은 얼굴이었다. 그 무방비한 맨얼굴은 생각보다 연약해 보였다. 나는 천천히 계단을 내려갔다. 극장 안은 아직 고요했다. 계단을 디딜 때마다 바지 속에서 백동전들이 또르르 흘러내리는 것 같았다.

비를 맞으며 텅 빈 아침 시장길을 내려갈 때 간밤에 알아듣지 못했던 상경의 말이, 탁한 물 속을 떠내려와 우연히 나뭇가지에 걸린 신발 한 짝처럼 갑자기 기억났다.

"연출선생님 오늘 집에 못 들어가게 붙들기만 하면 돼. 알았지? 둘이 극장에서 지내면 틀림없이 최교수가 아침에 다시 들이닥칠 거야. 그때 조금만 미묘하게 굴어. 그러면 되는 거라고. 수련, 잘 해. 난 옆집에 잠입해서 새들을 모두 날려보낼 거야."

새를 정말 날려보냈을까…… 극장에서 내려올 때 계단참에서 내다보지 못한 것이 아쉬웠다. 그 많은 새들이 어딘가에서 지금 비를 맞고 있을 거라고 생각하니 해방이란 게 이상하기도 했다.

"스무 살이 인생이 되게 하지는 말아라. 스무 살은 스무 살일 뿐이야. 삶으로 끌고 가지는 마."

해경의 말이 뇌리를 떠나지 않았다. 성재를 두고 했건 자신을 두고 했건, 상관없었다. 나는 둘 다를 놓고 갈 수 있었다. 가방 안엔 여전히 셀룰로이드 종이로 포장된 아주 작은 것이 들어 있었다. 나는 90퍼센트 이상 부도덕해질 가능성을 절반은 가진 셈이었다.

*

오후에 극장에 가니 오는 길에 의상을 찾아왔다며 상경이 종이가방을 하나씩 나누어주었다. 우리는 각자 의상을 입어보았다. 목이나 어깨나 겨드랑이 같은 부분이 조금씩은 이상했다. 우리는 너무 싸구려라는 둥 이런 상복을 입고 연극하게 될 줄은 상상도 못 했다는 둥 재잘거렸지만 이상할 정도로 공기가 적막했다. 과연 연극의 막이 오를지 누구도 자신하지 못하는 어떤 침체의 그림자. 사라진 마리 때문만이 아니었다.

"마리 실종신고 해야 되는 거 아니니?"

"정말 그럴까, 경찰서에 가볼까? 공연이 사흘밖에 남지 않았는데, 어떻게 되는 거니? 왜 선생님은 대책도 마련하지 않는 거야……"

나는 둘의 대화를 들으며 김해경이 간밤에 했던 말을 꾹 참고 있었다. 계단 참으로 나가니, 찻집에서 재헌이 나왔다. 재헌의 얼굴은 절망적이면서 동시에 흥분이 가득한, 균형을 잃은 흙빛이었다.

"해경 선배가 모처로 연행되었대."

잔뜩 들뜬 목소리였다.

"모처, 왜?"

영신의 입술이 긴장되었다.

"희곡 내용이 문제가 됐나봐. 포스터와 티켓도 다 압수당하고 공연은 취소된 거나 마찬가지래."

영신은 더이상 묻지 않았다. 말은 하지 않았지만 누구나 어느 시점부터 느끼고 있었다. 우리들의 대사가 심상치 않다는 것을.

뭐? 그렇게도 많은 사람이 죽었다는 말인가! 그런데 그들은 대체 어디에 묻혔지? 어느 지하에서 흘러다니는 거지? 우리 발 밑으로 주검이 흘러다니는 것을 너는 아니? 아니……

그날도 극장 안엔 〈애사당〉이 흐르고 있었다. 공장의 불빛과 해바라기 얼굴, 그리고 기지촌……

서산마루에 시들어지는 지쳐버린 황혼이 창에 드리운 낡은 커튼 위에 희미하게 넘실거리네 어두움에 취해버린 나의 작은 방 안에 무슨 불을 밝혀둘까 오늘밤에는 무슨 꿈을 꿀까 아무것도 뵈지 않네……

영신과 나는 집에 돌아가지 않고 극장 옥상에 누워버렸다. 저녁부터 자정이 되도록 움직이지 않았다. 그런 식으로 김해경을 기다리는 것 같기도 했다. 밤하늘엔 간간이 별이 보였는데, 자정이 지나자 굵은 빗방울이 얼굴에 떨어지기 시작했다. 마치 별들이 기울어져 떨어지는 것 같았다. 영신이 갑자기 옷을 벗기 시작했다. 그녀는 완전한 나신이 되어서 동그란 단지처럼 무릎을 세우고 앉았다. 나도 반바지만 남기고 윗옷을 벗었다. 우박처럼 커다란 빗방울이 등줄기와 어깨와 목, 가슴과 팔 위에 한 방울씩 떨어졌다.

"닭똥 같은 눈물이 떨어지는 것 같다 그치?"

영신의 음성은 다독이듯 다정했다.

"……"

"이 밀리미터 빗방울은 공처럼 둥글고 그보다 큰 빗방울은 기압에 눌려서 가로로 퍼진대. 그래서 햄버거같이 납작한 모양이 되는 거야. 그리고 빗방울이 팔 밀리미터 이상인 경우는 기압이 구멍을 뚫기 때문에 낙하산처럼 공중에 떠다니면서 천천히 땅 위에 떨어진대. 아쉽게도 눈물 모양 빗방울은 없어."

영신은 빗방울 전문가처럼 중얼거리더니 갑자기 결연한 어투로 말했다.

"선생님이 돌아와도 이제 연극 따윈 하지 않을 거야. 자칫하다간 인생에서 연기를 하게 될 테니까. 연기와 인생이 이렇게 가까이 있을 줄은 몰랐어. 이번에 연극을 하면서, 사람들은 누구나 정해진 대본으로 연기를 한다는 걸 깨달았어. 서로 대본을 모르는 사람들은 기본적인 의사소통조차 할 수 없어서 어긋나거나 스치고 말아. 말이 안 통하네, 마음이 안 통하네, 이해가 안 되네, 수준이 다르네 하면서. 너의 대본에 대해 나는 몰라, 하는 거나 마찬가지야. 서로의 대본을 알면 어떻게 되는지 아니? 자기가 아는 대본대로만 연기하도록 요구하는 거야. 더 이상하거나 다르면, 크게 속았다고 생각하지. 서로를 자기 대본 속에 가두려고 혈안이 되는 거야. 대부분의 남자와 여자는 평생 하나의 대본의 틀 속에서 갇혀 살아가. 같은 대사, 같은 동선, 같은 감정을 연기하면서…… 정말 끔찍한 감금 아니니? 난 뻔한 대본 속에 갇히지는 않을 거야. 진짜 삶을 살 거야. 진짜 삶은 조각조각 찢긴 대본처럼 불안정할지 모르지만, 그건 자신에 대한 발견이야.

죽었다가 깨어나도 이 세계와 타인과 진정한 소통은 불

가능하다는 생각이 들어. 자기와의 소통조차 평생이 걸려도 쉽지 않지. 난 어떻게 사느냐, 무엇이 되느냐, 누구를 사랑하느냐보다는 나 자신과 소통하는 데에 관심이 생겼어. 넌 아직 어려서 모르겠지만, 이 세계와 타인과 자기 사이의 한계를 어느 정도 알고 나면 이런 생각이 드는 법이지."

영신은 탐험가처럼 말했다. 나는 제대로 이해하지는 못한 채 그녀가 탐험할 미지의 대륙을 바라보았다. 영신은 한순간 눈을 커다랗게 뜨며 팔과 다리를 쫙 벌렸다가 오므렸다. 그리고 깔깔깔 웃어댔다.

*

쉰 살쯤 먹은 초췌한 아주머니가 경찰서 정문 곁 담벼락에 바짝 붙어서 있었다. 오전 열시였는데 밤새 그렇게 서 있었던 사람처럼 지쳐 보였다. 지치고 늙은 여자의 얼굴이 아이처럼 연약했다. 나도 그 곁으로 가 가만히 서 있고만 싶었다. 그렇게 서 있다가 그냥 돌아가고 싶었다. 하지만 나는 정문을 지키는 군인을 지나 경찰서 건물 안으로 들어갔다. 로비의 수위에게 면회를 왔다고 하자 이층 계단을 가리켰다.

면회 접수실은 책상 하나에 의자가 마주 놓여 있을 뿐

아주 좁았다. 이름과 주민등록번호를 써넣었는데 서류의 관계란은 난감했다. 나는 펜을 꾹꾹 눌러 약혼녀라고 썼다.

담당 경찰의 안내를 받아 다시 지하까지 계단을 내려갔다. 오십 평 정도 되는 반지하 사무실을 둘러싼 책장엔 누렇게 바랜 두꺼운 서류들이 빈틈없이 꽂혀 있었다. 일제시대 죄수의 이름까지도 찾아낼 수 있을 것만 같았다. 열두어 개의 책상이 놓인 방에서 형사들은 분주하게 서류를 뒤적이거나 전화를 받거나 농담을 주고받으며 웃음을 터뜨렸고 이리저리 허둥대며 오고가기도 했다. 사무실 끝까지 걸어갔을 때, 문득 가슴선 위로 철창이 쳐진 길고 좁은 면회실이 나타났다. 담당자는 그곳에서 기다리라고 하고 그 앞의 문으로 들어갔다.

창유리 너머로 경찰서 뒷마당이 보였다. 뒷담에는 푸른 군인담요 몇 장이 반듯하게 널려 있었다. 나는 가방 안에서 책 두 권과 편지들을 꺼냈다. 그 동안 쓴 편지였다.

"우수련씨, 면회 거절입니다."

담당자가 문을 밀고 나와 말했다. 그는 나의 손에 들린 책과 편지를 발견하고는 물었다.

"전해줄까요?"

"……"

나는 고개를 저었다. 그리고 가볍게 돌아서서 번잡한 반지하 사무실을 나왔다. 아직도 늙은 아주머니가 경찰서 담벼락에 바짝 붙어서 있었다. 밤새도록 서 있을 태도였다. 그 편이 나을 뻔했다는 생각이 들었다. 담벼락을 지고 그렇게 서 있는 게 나았을걸…… 성재가 옳았던 것이다.

경찰서에서 돌아와 유리창에 커튼을 치고 잠을 잤다. 그리고 새벽에 깨어 성재에게 마지막 편지를 썼다.

……그날 밤 너는 나를 놓아버렸니? 그래서 내가, 네가 당겼던 그 힘만큼 무섭도록 빠르게 검은 우주 한가운데로 밀려난 거니? 이곳엔 별이 빛나지 않아. 얼음과 먼지 뭉치인 검은 별들, 빙산 같은 결빙의 별들을 난 지나고 있어…… 네가 가 있는 곳은 어떠니? 우린 다시는 서로 소식을 전할 수 없게 되겠지. 모든 것이 얼마나 빠르게 변하는지, 지난일이 벌써 꿈 같아. 이상해. 무엇보다도 너의 제비초리가 선명하게 기억나니 말이야. 너에 대한 기호처럼. 언젠가 그런 제비초리를 가진 애를 만나면 나는 가슴이 쿵 내려앉겠지. 안녕. 작별의 말은 참 짧은 거구나. 안녕.

편지는 다음날 경찰서로 부쳤다.

*

할머니가 돌아가신 소식은 저절로 알게 되었다. 그날 아침 눈을 뜨자 이마 위에 할머니의 부고가 도착해 있었다. 뼛속에 박히는 운석 조각처럼 아프도록 차가운 소식…… 내가 어떻게 알고 있는지조차 이상하지 않았다. 잠든 사이 꿈속에서 부고를 알리는 전언을 들었거나 길게 흐르는 유성빛을 보았는지도 모른다. 아니면 할머니 영혼이 내게 작별인사를 하고 갔는지도 모른다. 생각나지 않는 꿈속에서……

밤의 희고 푸른 얼굴

대문이 활짝 열려 있고 양쪽에 검은 천으로 가려진 조등이 걸려 있었다. 모든 불을 다 켠 것 이상으로 환한 집 안에서 낯익은 친척 아주머니들이 마당의 자갈을 밟으며 조용하고도 바지런히 움직이고 있었다. 대문간에 들어서니 할머니의 흰 고무신이 바깥을 향해 놓여 있고 그 곁에 가득 담은 밥한 그릇이 놓여 있었다.

집 안엔 향냄새와 곡성이 가득했다. 마당 가운데의 둥근 화단엔 커다란 흰색 장미꽃들이 활짝 피었고 정원석 사이로 진보라색 망초꽃이 넘쳐서 화단 밖으로 쏟아져나왔다. 사철나무와 모과나무, 처녀나무와 라일락나무들도 이상할 정도로 싱싱하고 무성했다. 마당 가운데를 지나는 높은 빨랫줄엔 할머니의 옷들이 까맣게 잊혀진 채 널려 있었다.

동생들은 너무 큰 상복을 엉성하게 휘감아입고 아래채 식당 마루에 비좁게 앉아 일회용 도시락에 음식을 쌌다. 이미 얼마나 주워 먹었는지 계란과 드링크와 떡과 사탕을 전혀 탐내지 않고 무슨 물건인 것처럼 떠들어대며 담았다. 그 모습이 한 뿌리에 핀 흰 채송화꽃들처럼 무구하고 예뻤다.

동생들은 늘 그렇게 집 안에서 함께 뒹굴고 떠들고 싸우고 노래하며 분화되지 않은 한 덩이의 질료처럼 자라고 있는데, 나는 어느 순간 분리되어버렸다. 더이상 동생들과 어울릴 수 없었다. 왜 그런지, 이유를 댈 수도 설명할 수도 없었지만, 이미 거슬러갈 수는 없었다. 마치 퇴행할 수 없는 탄생처럼, 동생들은 집이라는 양수 속에서 뒤엉켜 숨을 쉬고 헤엄치는데, 나는 양수 밖으로 미끄러져나와 엄마의 자궁 밖에서 낯설고 차가운 공기를 바늘을 삼키듯 아파하며 숨쉬고 있는 것이다.

나는 강 저편을 보듯 동생들을 우두커니 쳐다보았다. 동생들 역시 나와의 건널 수 없는 거리를 알아차린 듯 아무도 다가오지 않았다. 할머니 옷을 하나씩 걷었다. 옷들은 아주 크고 낡고 어딘가에 어김없이 누런 얼룩이 배어 있었다.

머리에 삼베두건을 쓰고 삼베옷에 새끼줄을 허리에 두른 아버지가 상복 입은 친척 어른들 사이에서 나를 쳐다보았다. 아버지의 눈은 붉게 충혈되었고 아직도 눈물이 묻어 있었다. 나와 시선이 마주쳤는데도 무표정했다. 마치 나를 단념해버린 것처럼 아무런 심경의 변화도 보이지 않았다. 어쩌면 택시 유리창을 통해 주고받은 비밀 협상이 성과를 거둔 것인지도 모른다. 아무것도 모르는 엄마도 마찬가지였다. 아버지의 맞은편에서 아이고 아이고, 곡을 하다가 집 나간 지 한 달 만에 돌아온 나를 눈물이 가득 고인 붉은 눈으로 물끄러미 보았을 뿐이었다.

가족과 집으로부터 아득히 밀려나버린 거리가 보였다. 내가 서 있는 마당이 소문으로만 들은 사막만큼이나 광활하게 느껴졌다. 그때 나는, 내가 울고 있는지 몰랐다. 할머니의 옷 보따리를 가득 안고 지붕 위에 걸려 펄럭거리는 할머니 흰 저고리를 올려다보며 울고 있는지를……

누군가 나를 어둑한 병풍 뒤로 안내했다. 천을 젖히고 할머니를 안았다. 할머니의 얼굴과 몸은 한겨울의 새하얀 타일처럼 시리도록 차갑고 딱딱했다. 죽은 개의 얼굴처럼, 죽은 생선의 얼굴처럼 무 속으로 사라져버린 얼굴이었다. 다시는 떠오를 수 없는 침전물…… 그것은 할머니가 남긴 실존의 틀이었다. 나는 할머니의 등이 매미껍질처럼 터져 있지나 않은지 쓰다듬어보았다.

병풍 앞쪽에서는 조문객들이 절을 하고 향을 피울 때마다 상주들은 콩자루를 쏟듯 와락 곡을 하고 뚝 그치기를 반복했다. 나는 할머니 곁의 그 어둑하고 조용한 곳에 누워 눈을 감았다. 그것은 내 일부의 죽음이었다. 어제나 오늘 일이 아니었다. 이미 오래 전부터 사라져왔다. 소멸되지 않은 완전한 할머니는 내 기억에 없었다. 할머니가 사라져가는 동안 엇갈리듯, 나는 점점 더 뚜렷한 형체를 이루어왔다. 마치 할머니가 운반되어 나에게로 온 것처럼.

"할머니, 미안해요…… 할머니가 귀신이 되어서 우릴 지키지 말고 또다른 곳에서 새롭게 태어나 맹렬하게 울어대기를 빌어요."

소독된 할머니는 도자기 인형처럼 깨끗하고 부서지도록 작았지만 조금씩 악취를 풍겼다. 누군가가 와서 그렇게 붙어 있으면 시신이 쉽게 부패한다며 나를 내쫓았다. 나는 할머니의 옷을 안고 뒷마루로 가서 반듯반듯하게 개었다.

형체 없는 부연 구름이 몇 개 흘러가는 하늘에 별이 유난히 반짝거렸다. 별과 별 사이의 암흑…… 그 심연 위에서 별들은 무언가 의미가 되기 위해 파들파들 떨며 힘껏 서로를 끌어잡고 있었다. 별은 그 먼 곳에서 나를 향해 뭔가 간절한 신호를 보내고 있었다. 할머니 저고리도 별빛을 하얗게 받고 있었다. 어쩐지 마음이 평화로워지는 신호였다.

나를 병풍 뒤에서 쫓았던 친척 아주머니가 와서 상복을 주었다. 아주 얇은 옥양목으로 만든 흰 치마와 흰 저고리였다. 옷을 입고 나니 친척 아주머니는 나를 밀며 엄마 곁에 서서 울라고 했다. 내가 어쩔 줄 몰라 고개를 숙이고 서 있자 엄마가 옆구리를 쿡 찌르며 귓속말을 했다.

"아이고 아이고, 해."

나는 그만 웃음이 나올 것만 같았다.

*

장례식이 끝나고 친척들도 모두 돌아갔다. 시장바닥같이 뒤집어졌던 집이 마침내 고즈넉해졌다. 다음날 아침 일찍 엄마는 할머니 물건들을 태우기 위해 집 뒤 공터로 옮겼다. 할머니 방에서는 물건이 끝도 없이 나왔다. 장롱 안의 옷가지와 벽장의 이불, 여러 가지 약병들과 단지와 달력들, 종이 상자들과 새 모양을 한 나무 조각, 모기장, 천과 창호지……

큰 짐들이 나간 뒤에도 장판 아래에서, 액자 뒤에서, 문턱 위에서, 문갑 틈에서 손수건과 비닐에 뭉쳐진 물건들이

꾸역꾸역 나왔다. 언제 넣어두었는지 알 수 없는 썩은 곶감이나 녹은 사탕, 단추와 핀 꾸러미, 고무줄과 색실들, 호박씨 해바라기씨 같은 온갖 씨앗들과 마른 옥수수와 떡 꾸러미, 성냥과 라이터들, 끈 뭉치와 녹슨 못 뭉치와 용도를 알 수 없는 나사들, 담배 은박 종이와 과자 포장지들, 미농지에 싸인 머리카락 뭉치. 심지어 이빨도 있었다.

팔십 년 동안 살아온 할머니의 짐을 모두 태우고 나자 집이 아주 밝고 넓어진 느낌이었다. 엄마는 장례비용을 하고 남은 조의금으로 집을 새롭게 단장하기로 했다. 할머니 방 벽지를 갈고 마루와 마루창에 니스칠을 하고 방문에 창호지도 갈고 외벽에 페인트칠도 새로 할 계획이었다. 그리고 마당도 자갈을 치우고 깔끔하게 시멘트를 바른 후 차양을 빼고 정원 테이블도 놓을 생각이었다. 엄마는 눈을 빛내며 가게를 돌아다녔다. 그리고 엄마가 돌아오면 어김없이 남자들이 재료를 싣고 뒤따라와 공사를 시작했다.

식당엔 몸집이 크고 말이 없는 새 찬모를 구했다. 동생들은 정돈을 하기 시작했고 전과 달리 매일 샤워를 했으며 옷을 한결 단정하게 입고 다투기도 덜했다. 할머니방은 동생들 차지가 되고 동생들이 쓰던 작은방은 온전히 내 것이 되었다. 동생들도 나도 또 엄마도 몹시 만족했다. 일은 일사천

리로 진행되었다. 엄마는 마치 오랫동안 별러온 대개혁을 단행하는 것 같았다. 우리 가족은 환하게 갠 미래에 가슴이 설렐 지경이었다.

막내동생의 생일날 아버지는 케이크를 사들고 귀가했다.

"아버지, 내일부터 출근한다."

저녁을 먹은 후 케이크의 양초에 불을 붙일 때, 아버지는 실로 중대한 발표를 했다.

동생들이 환호성을 질렀다. 엄마의 눈엔 순식간에 눈물이 고였다.

"단단한 건축회사의 부장직이야. 전보다 더 높아졌지. 이젠 모든 것이 제자리를 찾을 거야. 안심해도 돼."

아버지는 말끝에 나를 보았다. 그리고 한 번 더 힘주어 말했다.

"안심해도 돼."

그 여자와 헤어졌다는 말을 암시하는 것 같기도 하고 나에게 제대로 하라고 요구하는 것 같기도 했다. 그로서 우리는 서로의 불순한 모습을 본 공범자 관계가 아니라 부녀 관계임을 강조하고 아버지의 권위를 확고히 하겠다는 의지를 표명하는 것 같기도 했다.

다음날 잠에서 깨어 나가니, 식당방에서 자고 일어난 찬모가 홀 청소를 하고 있었고 동생들은 아침도 먹기 전에 집 앞 개울에 들어가 첨벙거리고 있었다. 그리고 연듯빛 여름 양복을 입은 아버지가 안방에서 나왔다. 그 뒤로 출근 준비를 도운 엄마가 따라나왔다. 아버지는 차오르는 희망을 부드럽게 억누른 기분좋은 얼굴이었다. 왜 늦게 일어나느냐고 잔소리도 하지 않았다.

"다녀오세요."

내가 인사를 하자 아버지가 가볍게 끄덕였다. 아버지가 집 밖으로 나가자 동생들의 외침이 들렸다. 안녕히 다녀오세요. 안녕히 다녀오세요. 안녕히 다녀오세요……

엄마가 마루 가운데 나를 주저앉혔다. 그리고 내 얼굴에 쓰인 글자라도 읽으려는 듯 바라보더니 두 눈에 흠뻑 눈물이 고였다. 오목한 흰 박꽃에 빗물이 가득 차는 듯 깨끗했다.

"수련아, 세상에, 네 아버지가, 어젯밤 내 손을 꼭 잡더니, 어머니 병구완하랴, 식구들 먹이랴, 그 동안 수고했소…… 이러더라."

그게 다인데, 옛날 국산 방화의 클라이맥스처럼, 엄마의 어깨가 흔들리더니 눈물이 주르르 흘러내렸다.

"내 평생 네 아버지한테 그런 살가운 말을 처음 들어본다…… 할머니 돌아가신 후 갑자기 네 아버지가 변했어. 그렇게 답답하고 인정 없이 굴더니……"

맙소사…… 나는 커다랗게 부풀어오른 엄마의 거친 손을 바라보며 속으로 중얼거렸다. 아버지의 팔짱을 끼고 서 있다가 나란히 택시를 타고 가던 여자의 얼굴이 떠올랐다. 이미 너무나 분명하게 알고 있는 자신의 기쁨을 향해 가는, 활짝 꽃핀 얼굴이었다. 그 여자의 확신에 찬 사랑이 아버지의 마음을 심화시킨 것일까…… 그래서 마침내는 엄마마저 감동시킨 것일까. 아니면 그 여자와의 이별이 아버지의 감정을 승화시킨 것일까…… 그 여자를 향해 나날이 고였던 마음의 우물물이 갈 길이 없어 엄마에게로 넘친 것일까. 나는 엄마에게 아무 말도 하지 않았다. 아버지와 엄마와 여자 모두에게 나쁜 일 같지 않았다. 나에게도……

벽지 작업이 끝나자 방을 옮겨야 했다. 작은방을 청소한 뒤 얼마 되지 않는 짐을 옮기기 위해 다락에 올라갔다. 거의 한 달 보름 만이었다. 먼지에 덮인 책들과 옷을 옮겨 정리하고 마지막으로 둘둘 말아둔 모기장을 가볍게 들어올렸을 때, 공기와 먼지 이외의 어떤 둔탁한 존재감이 두 팔을 타고 폐부를 파고들었다. 실제보다 미리 느끼는 예감처럼, 그 순간에 고양이가 떠올랐다. 마지막 밤에 나와 함께 모기장 안에서 잤던 고양이……

아무도 모르게 굶주려서 죽어간 짐승은 누가 속을 파내간 듯 텅 빈 채 얇게 마른 가죽과 퇴색한 털만 남아 있었다. 퍼슬퍼슬하고 섬뜩하도록 가벼웠다. 내던지려 하는 다급한 마음과 달리 고양이의 시신은 내 손에 엉겨붙는 듯했다. 나는 긴 비명을 내질렀다. 손끝이 열리고 천천히 아사해간 고양이의 눈물 방울이 나의 핏속으로 흘러드는 듯한 전율이 덮쳤다. 나는 간신히 두 팔을 털어 고양이의 시신을 떨어뜨렸다.

비명 소리를 듣고 온 동생들이 고양이 시체를 발견하고는 큰 소리로 울어대기 시작했다. 엄마와 참모도 비좁은 다락으로 올라왔다. 그리고 고양이 시체 앞에서 눈을 커다랗게 뜨고 울부짖는 아이들을 어이없이 바라보았다. 할머니 장례식 때에도 그렇게 울지 않았던 아이들이었다.

그날 오후 다락의 짐들을 방으로 옮겼다. 고양이는 집 뒤 공터에 묻었다. 엄마는 새 책상과 서랍장을 들여놔주었다. 모든 것이 만족스러웠다. 저녁상을 치우고 가족과 함께 드라마를 보며 아이스크림을 먹었다. 그리고 바로 아랫동생이 나의 방에 건너와 어슬렁거리다가 건너갔다.

마침내 혼자가 된 나는 일기장을 펼쳤다. 삼십 분쯤 그 자세로 있었지만 한 글자도 쓰지 못하고 덮었다. 그리고 일찌감치 이불을 펴고 납작하게 누워버렸다. 두 시간쯤 그 자세로 누워 있었다. 모든 것이 제자리를 잡았지만, 무엇이 달라지겠는가. 정체불명의 낯익은 혐오와 저항감이 구역질의 징후처럼 어른거렸다. 등을 붙이고 누운 방바닥이 고장난 엘리베이터처럼 아득한 아래로 가라앉는 것 같았다. 원인 모를 후회와 좌절과 적의의 감정이 뒤섞인 지독한 피로가 몸을 짓눌렀다.

집 알러지란 꽃가루 알러지나 카펫 먼지 알러지 같은 단순한 증상은 아닐 것이다. 가족과 역할을 분담하고 관계에 충실하면서 평범한 하루하루를 지내는 일이, 다른 사람에겐 단지 일상일 뿐인 그 일이 어떤 사람에겐 자기 용량을 초과하는 역기를 들고 무의미하게 버티듯, 과도하고 잔인한 노력이 되는 수도 있는 것이다.

이틀을 그런 감정으로 부대끼다 삼 일째부터는 방 안에서 한 걸음도 나갈 수 없었다. 앓아누운 할머니처럼 몸 속 깊은 곳에서 괴저가 일어나고 의식이 붕괴되는 것만 같았다. 일 주일쯤 방 안에 파묻혀 있자 다시 가족들과 불화가 시작되었다. 엄마가 화를 냈고, 동생들이 방문 앞에서 비웃었으며, 찬모는 화장실 가는 나를 이상하다는 눈으로 쳐다보았다. 그리고 아버지는 다시 아침마다 다그쳤다. 왜 일찍 일어나지 않느냐, 너는 네 한 몸만 아는 이기주의자다, 가정이란 모두의 희생으로 영위되는 곳이다, 네가 하는 일이 무엇이냐, 엄마를 도와라…… 정말 이해할 수가 없구나…… 아버지의 역정 속에 김해경의 음성이 묻어 있었다. 패밀리의 어원. 가족이란 가내노예이며 논과 밭, 집과 가축, 노예와 같이 한 남자에게 속한 생산 도구이지. 가족이란 한마디로 말하면 노동 단위이고 경제 단위인 거야. 사랑을 강조한 건 남자들이야. 여성이 자기 역할에 합의한 것처럼 보이게 하고 인간적인 것처럼 보이게 하기 위해서……

그런 나날 속에서 어느 순간 나 자신의 운명적 징후를 희미하게 자각했던 것 같기도 하다. 두 개의 죽음을 담보로 떠나고 또 떠나게 될, 다시는 집을 가질 수 없게 될 고단한 운행을. 그 반복의 시작을……

결국 그해 겨울에 나는 집에서 나와 방을 구했다. 천천히 아사해간 고양이의 눈물 때문이었는지도 모른다.

그후로 내 마음은 다시는 가족에게로 돌아가지 못했다. 아는 사람으로부터 끊임없이 모르는 사람들에게로 향해간 오랜 이주…… 그후 내가 그나마 좋아한 사람들은 낯선 사람과, 언제까지나 긴장감을 주는 어려운 사람과, 나와 아주 다른 사람들, 그리고 다시 만날 연루가 없는 단 한 번 스치는 사람들이었다.

시간은 흔적을 남길까요?

김해경에게서 전화가 온 건 월요일 오후 다섯시였다. 먼 여행에서 돌아와 현관문에 키를 꽂을 때, 전화벨 울리는 소리가 들렸다. 항공 수화물의 꼬리표가 붙은 가방 둘을 어둑한 현관에 놓고 잠시 망설였다. 열흘이나 비워둔 집에서 공허가 발효되는 퀴퀴하고 달큰한 냄새가 났다. 바닥에도 먼지가 검게 덮였을 것이다. 전화벨은 길게 울렸다. 마침내 단화를 벗고 발끝을 들고 다가가 전화기를 들 때까지.

"여보세요?"

……

저쪽에선 잠시 반응이 없었다. 전화기 속이 적막하다는 사실을 새삼 느끼며 한 번 더 상대를 불렀다.

"여보세요?"

"우수련씬가요?"

불안정한 침묵을 깨며 그 음성이 느리게 말했다.

"기억할지 모르겠지만 김해경입니다."

"……"

가슴 안쪽에 차디찬 우물이 패어 있었던가…… 일시에 물이 뒤집히는 것 같았다. 그에 대한 소문은 간간이 들었었다. 그는 공연법 위반으로 잡혀간 지 이 주일 만에 돌아왔고, 그가 쓴 희곡작품은 모두 상연 금지되었다. 그리고 그해 겨울에 최교수로부터 이혼을 당하고 사라졌다가 몇 년이 지난 뒤에, 노동자의 권익을 위해 창당된 급진 진보정당의 국회의원 후보로 나서서 사람들을 놀라게 하기도 했다. 그의 소문을 마지막으로 들은 것은 오 년 전이었다. 그가 산으로 들어갔고 나오지 않는다고 했다.

"근처를 지나는 길인데, 한번 보고 싶군요."

거절하면 간단할 것이었다. 이십 년이나 지난 시간을 굳이 돌이킬 이유는 없었다. 하지만 피하지 않기로 했다. 약속은 사흘 뒤 점심시간 지나 차 마실 시간으로 잡았다. 그가 당황해하는 느낌이 역력했지만 그런 식으로 가볍게 비켜가고 싶었다.

가방을 현관에 세워둔 채 전화기 앞에 그대로 앉아 있었다. 놀이터에서 들려오는 아이들의 쟁쟁거리는 외침이 신경의 어느 부분을 포크 같은 것으로 심술궂게 꼭꼭 찌르는 듯이 불쾌했다. 한동안 주인이 부재했던 하잘것없는 빈집의 적요와 시차의 허방 속에서 내 몸은 건반이 숭숭 빠져나간 망가진 피아노처럼 놓여 있었다.

익숙한 아픔이었다. 먼 여행지에서는 늘 내 부엌과 방, 나만이 사용하는 커피잔과 냄비와 잘 드는 부엌칼과 발닦개와 내 거울과 내 창가의 풍경이 그립지만 돌아오면 그것들이 나를 붙들어주기에는 또 얼마나 보잘것없는지…… 다시 천막을 치는 유목민처럼, 며칠 동안은 누구에게도 전화를 걸지 못하고 약속도 하지 않을 것이다. 낯가림인지 반감인지 혹은 역겨움일지도 모른다. 그리우면서도 역겨운 것, 소중하면서도 하찮은 것, 결국 누구나 자기 자리가 아닌 곳에서 살아간다는 허무한 깨달음, 평생을 그렇게 살 수도 있다는 초월과도 같은 담대함……

여러 곳을 여행하는 사이에 나는 아주 자연스럽게 T.C.라는 직업을 얻게 되었다. 여행 컨설턴트. 오 년 전 내가 처음 시작할 때는 이해받기조차 쉽지 않았지만 지금은 지원자간 경쟁이 치열한 유망 직종이다. 직업이 직업인 만큼 사람들은 나를 만나면 어김없이 어디가 가장 가볼 만하냐고 묻는다. 그들은 프라하나 안달루시아, 이스탄불이나 베네치아, 프로방스나 마드리드 같은 유서 깊고 아름다운 도시들을 내심 떠올린다. 그래서 내가 이집트의 카이로라고 하면 의아해한다. 카이로는 캘커타나 멕시코 알제같이 제3세계의 거대 수도들이 앓고 있는 병으로 신음하는 도시이기 때문이다. 하지만 나는 늘 카이로라고 말한다. 잔인함도 아름다움이기 때문이다. 폐허와 갈증과 광대함, 그리고 공기중에 떠도는 습기 같은 유머와 허무가 한 점에 불과한 내 삶을 영원히 찬미하게 하기 때문이다. 나는 카이로와 네팔의 카트만두를 가장 자주 갔다.

그가 정한 장소는 성당 앞의 전통찻집이었다. 외벽을 온통 푸른 아이비 넝쿨이 휘감은 오래된 건물이었다. 좁다란 계단을 올라 황토 흙벽의 낮은 찻집으로 들어가니, 개량한복을 입은 여자가 이층으로 안내했다. 그는 이층의 가운뎃방에 앉아 있었는데, 그런 식으로 자상한 안내를 받지 못했다면 그냥 지나쳤을 것이다.

새하얀 머리를 뒤로 묶고 개량한복을 입었으며 이마엔 세 가닥 주름이 깊이 패어 있었다. 검고 단단했던 눈빛은 흐리고 표정엔 불안정한 고집이 서려 있었다. 무엇보다 얼굴이 전보다 커졌다. 마치 깊은 지하에 묻어두고 감자를 키우듯 조금씩 키워버린 것 같은 얼굴…… 이 사람이 정말 그인가…… 같은 사람이라고 알은체하는 것이 억지스럽게 느껴졌다. 나는 단정하게 마주 앉았다.

"많이, 변하셨어요……"

내 음성은 힐난하는 것처럼 들렸다. 많이 변한 것이 나쁜 짓이라도 되는 것처럼. 이십 년이라는 시간이 그와 나 사이에 엄연한 구조물처럼 비좁게 자리잡고 서로를 밀쳐내는 듯했다.

"한 칠 년 전부터 수행을 해왔어요…… 명상중에 수련씨를 자주 보았습니다. 수련씨는 어제 본 모습 그대로예요."

"왜 제가……"

"하하, 이유가 뭐 있겠습니까, 저의 업보죠."

나는 그를 빤히 쳐다보았다. 경멸의 표정이 실렸을 것이다. 그는 많은 말을 삼키는 표정으로 한동안 차를 마셨다. 그를 만난 첫날 멍같이 푸르던 차맛이 되살아났다. 성재가 그와 나 사이에 앉아 있었다. 꽹과리를 발치에 놓고 자꾸 내려다보았었다. 성재가 입으면 흰 셔츠가 유독 더 새하얗게 보였었다. 활짝 웃을 때 드러나던 희고 고른 치아와 흰 운동

화…… 사진에서 본 어떤 익명의 어린 청년처럼, 이젠 오직 하나의 표정, 하나의 얼굴만으로 떠오른다. 극단적으로 단순하게 이미지화해버리는 것, 그건 한 존재에 대한 의식적인 부정이고 의도적인 망각인지도 모른다.

"어떻게 살았어요? 수련씨 소식을 아는 사람이 아무도 없어서…… 정말 찾기 어려웠어요.

"……"

나는 처음으로 약간 웃었다. 안심이 되었기 때문이었다. 아무도 모른다니…… 바라 마지않던 삶이었다.

"결혼은 했어요?"

나는 부드럽게 묵살하며 짧게 웃었다. 그리고 그에 대해 말하고 싶지 않다는 표정을 지었다. 잠시 말이 끊어졌다.

"어제 처음으로 아이 음성을 들었습니다."

말을 마친 김해경은 잠시 멍하게 내 눈 속을 들여다보았다. 그러자 순간적으로 옛날의 표정이 되살아났다. 얼굴을 뚫고 갑자기 피어오르는 절박하고 여성적인 슬픔…… 옛날의 공모자적인 감정이 와락 밀려와 늑골이 아프도록 파고들었다.

"아이가 있었나요?"

"몰랐지요? 나도 이혼할 땐 까맣게 몰랐는데, 다음해에 최 교수가 사내아일 낳았다는 소식을 들었어요. 내 아이를……"

그와 최교수 사이에 아이가 있었다니, 뜨거운 물을 끼얹은 듯 얼굴이 아프게 달아올랐다.

"한 번도 못 봤어요. 최교수가 정말 한 번도 안 보여주더군요. 사람이 사람에게 잔인하게 군다는 게 무엇인지를 공평하게 당해봐야 하지 않느냐고…… 진짜 호되게 맛을 보여주는 거예요. 아니, 실은 반쯤은 늘 의심했어요. 나를 괴롭히기 위해서 거짓말을 한 것일 수도 있으니까. 그러고도 남을 사람이니까. 아이가 있다면 어떻게 한 번도 안 보여줄 수가 있겠어요?"

"……"

"그런데 어제 오후에 아이가 전화를 해왔어요. 이름을 확인하는데 누군지 알겠더군요. 말이 안 나왔어요…… 간신히 몇학년이냐고 물으니까, 아비가 그런 질문 할 날을 꼽아오기라도 한 것처럼 이젠 고등학교 삼학년이에요, 라고 하더군요. 이젠, 이라고 굳이 말하는 것이 참 가슴이 아팠어요. 이젠, 이라고 말을 하는 아이…… 이 아이가 소문으로만 들은 내 아이구나. 내게 정말 아이가 있었구나. 한참 동안 너무 단 것을 삼킨 것처럼 속이 타더군요. 한번 보자고 했더니, 거절하더군요. 더 자란 뒤에 만날게요, 그렇게 말했어요. 혐오와 연민을 동시에 누르는 어투로요. 아주 예의 바르고 침착

하더군요. 최교수가 아이를 잘 키우는 것 같아요……"

내 눈에 눈물이 고였다가 뺨을 타고 흘러내렸다. 그리고 마침내 어깨가 들썩이도록 울음이 밀려왔다. 김해경은 그런 나를 당혹스러워했다.

제비뽑기에 걸렸던 그날 밤의 장면이 눈앞에 어른어른 떠올랐다. 소인국 같았던 어린아이들의 학원. 동물 모양의 진흙 공작물들…… 내가 뽑은 초록색 색종이. 김해경이라고 씌어 있던 상경의 비스듬한 글씨……

"미안해요. 정말……"

나는 눈물을 닦으며 빠르게 말했다.

"미안하다니, 아니에요. 난 늘 수련씨에게 죄스러웠는걸요…… 시간은 흔적을 남길까요?"

김해경은 문득 그 말을 했다. 그것을 묻기 위해 이십 년 전으로부터 나에게 온 것처럼.

나는 기억이 다 휘발되어버린 사람처럼 아무 말도 할 수 없었다.

"우리라는 존재는, 시간의 흔적 자체가 아닐까요?"

기억의 여진, 부서진 추억의 모서리 조각들, 짧은 앞날에 대한 몇 가지 계획들과 모호한 상상, 죽음 같은, 짐작할 수 없는 암흑 속으로 마지막 단의 올이 길게 풀려 있는……

그것이 우리가 아닐까.

"그날 밤의 일이 오랫동안 마음에 걸렸어요."

나는 그가 말하지 않기를 간절히 바랐다. 그날 밤에 대해…… 우리는 말없이 차를 마셨다. 침묵 속에 시간이 흘렀다.

"전 까맣게 잊고 있었어요."

차를 부어주며 나는 또박또박 말했다. 단지 상경이 새들을 날려보낸 밤으로만 기억하고 싶었다. 그의 얼굴에 천천히 안도의 빛이 퍼지면서 굳었던 표정이 풀렸다.

"수련씨가 생각했던 것보다 씩씩하니 정말 안심이 됩니다."

그는 실제로 등에 진 짐 하나를 부려놓는 듯한 표정을 지었다. 얼굴에서 몇 개의 칼자국이 지워지는 듯했다. 나는 물론이라는 의미로 희미하게 미소를 지었다. 그러자 묶였던 시간이 다시 흐르기 시작했다.

시간은 바다와 같고 허공과 같고 한 점에 계속해서 박히는 못과 같다. 나는 이제 의식하지 못하는 사이에 사라져가는 시간들을 더 사랑하게 되었다. 그리고 나도 시간의 등뒤로 손수건놀이하듯 몰래 지나가기를 즐긴다. 시간과 존재가 서로에게 그렇게 빠듯하게 굴지 않아도 좋다는 건 나이 든 뒤의 유쾌한 깨달음이다. 걱정 말고 너도 가고 나도 가면 되는 것이다. 가능하면 흔적 같은 건 남기지 않고.

"혹시 성재 소식은 알아요?"

그가 조심스럽게 물었다. 나는 긴장을 들키지 않으려고 애써 가벼운 표정으로 마주 보았다.

"아까운 친구죠. 나도 지난해에야 잠시 보았습니다. 정말 많이 변했더군요. 군대에서 가혹하게 당했을 거라고 짐작은 했지만 사람이 너무 달라져서 당시에도 말들이 많았죠. 그러다 훌쩍 사라져버려서 아무도 행방을 몰랐는데, 한동안은 통영 근처 남해의 섬들을 떠돌았다고 하더군요."

"……"

"지금은 통영 선착장 근처에서 낚시꾼과 피서객을 상대로 작은 상점을 하고 있어요. 열두 살 된 아들 하나만 데리고. 아내가 칠 년 전에 집을 나갔다고…… 아들과 혼자 끓여 먹고 지내더군요. 결혼 초기부터 여자가 몇 번 집을 나갔었나봐요. 하지만 나간 지 칠 년이나 된 여자가 다시 돌아오기야 하겠어요? 일부러 아무 생각도 하지 않는지, 얼굴은 편한데, 아무래도 사는 꼴이…… 아이와 포개져 사니까, 그 힘으로 지탱하는 것 같았어요."

"……그건 성재의 꿈이었어요. 그렇게 살고 싶다고 말

했었어요. 말하자면 아무것도 이루지 않는, 무위와 같은 삶. 그도 고집스럽게 자기 꿈대로 사는 거죠."

내 목소리가 지나치게 단호했다. 거의 표독하게 들릴 정도였다.

"하하, 그래요? 몰랐습니다. 그거 다행이군요. 하긴 성재 아내가 제자리로 돌아와주기만 한다면 그것도 참 좋은 풍경이죠. 사랑만 있다면 바닷가의 삶이란 가난해도 견딜 만하지 않겠습니까? 집과 아이를 두고 밖으로 떠도는 일이 쉽지는 않을 텐데, 어떤 여잔지 모르지만……"

제가 바로 그 여자예요…… 나는 불쑥 올라오려는 말을 끌어내리고 숨을 골랐다. 그 여자가 나인가…… 내가 그 여자인가…… 가난의 모멸감과 수치를 못 이기고 몇 번이나 등을 돌리고 집을 나간 여자가 나인지도 모른다. 이젠 얼굴도 떠오르지 않지만 나에게 아들이 있었고, 언젠가 성재와 바닷가의 소도시에서 낚싯배를 빌려주고 라면과 커피를 끓이는 상점을 하면서 살았는지도…… 사량도, 우도, 두미도, 욕지도, 매물도 같은 남쪽 섬들을 휩쓸고 가는 바람과 잔뜩 웅크린 낮은 방들을 나는 얼마나 속속들이 알고 있는가.

처음엔 애정행각 같은 시작이었을 것이다. 그리고 한 해 한 해가 흐르면서 너무 좁은 방 안에 난잡한 살림살이들이 차례차례 들어서듯 차차 이런저런 작은 빚에 저당 잡힌 삶이 되었겠지. 서로 마음을 숨기는 술래잡기 같았던 사랑싸움이 점점 채권자와 채무자의 몸싸움같이 질겨지고 마침내는 실밥이 미어터져 가리고 싶었던 속살의 바닥까지 서로 드러났을 것이다. 결국 길 가운데서 터지는 자루처럼 속수무책으로 주저앉고 말았겠지……

낯선 도시의 골목 끝 집에서 홀로 드러누운 어느 깊은 밤에, 나에게 전화를 걸어 모든 것을 잊으라고 말한 사람이 바로 성재였는지 모른다. 이제 기다리는 사람이 아무도 없으니 집을 잊으라고 한 사람. 아이마저 완전히 잊어버리라고 명령한 사람…… 하지만 나는 알 수 없다. 그 말과 함께 모든 것을 잊어버렸으므로…… 4와 8과 9라는 숫자, 주홍과 초록과 보라의 의미도 흐릿하다. 결혼한 뒤에도 가끔 남편이 나를 헤이, 가수라고 불렀는지, 그 남편이 네잎클로버를 유독 잘 찾아내는 남자였는지, 그가 사소한 물건 하나도 절대로 잃어버리지 않았는지…… 가끔 오래 전의 노랫소리가 들려온다. 누가 보았을까. 부는 바람을. 아무도 보지 못했지. 저 부는 바람을……

김해경은 주인과 아는 사이여서 하룻밤 묵고 갈 것이라

고 했다. 무척 힘들었지만 그를 만난 것이 후회되지는 않았다. 스무 살 이후 그와 보낸 밤은 내 생의 한가운데에 팬 빈 웅덩이 같은 것이었다. 조심해서 지나지 않으면 자칫 빠지고 마는 허방, 무엇으로도 메울 수 없는 의식의 폐실, 빈 괄호처럼 언젠가 채워넣어야 할 부채였으며, 스스로를 납득시켜야 할 의무로서 자리잡았다.

우리가 그런 장난기를 발동하지 않았다면 그날 밤 상경이 나를 밀어넣지 않았다면 달라졌을까, 달라지지 않았을까…… 하지만 어디서부터 어디까지 의도와 악의가 개입된 장난인지, 우연과 필연을 나눌 수 있는 지점은 어디인지, 무엇은 의무였고 무엇은 욕망이었는지, 그 순간이 혼란이었는지 구원이었는지 그리고 김해경이 나를 안을 때의 마음은 또 어떤 것이었는지 결코 경계를 지을 수 없었다.

언제나 먼저 떠오르는 것은 나를 잠 밖으로 밀어낸 빙산 같은 어둠과 선로 한가운데에 멈추어 서는 기차처럼 코앞에서 완강하게 멈추었던 시간의 결빙이다. 의식을 버리지 못한다면 육체라도 버리고 싶은 시간이었다. 무엇이든 살아 있는 것이라면, 그 무엇에든 파고들었을 것이다. 소통…… 납득하기 어렵지만, 그래서 마음의 공동을 메울 수 없지만 여전히 그렇게밖에는 말할 수 없다.

가끔 마리의 말이 떠오른다.

"우리도 언젠가는 남들과 비슷하게 살게 될까…… 때론 그전에 너무 멀리 가버릴까봐 두려워. 서른 살이 되지 못하고 죽는 사람들이 있잖아. 나도 가끔 그 부류가 아닐까 하는 생각이 들곤 해."

마리가 무사히 서른 살이 되었을까……

그녀의 행적은 전혀 알 길이 없다. 세탁소 앞에서 오십대 남자와 떠난 뒤로 말이다. 그때 제주도 여행은 했을까…… 어쩌면 이름마저 가명일지도 모르고, 흔히 그렇듯 타락과 전락의 길로 접어들어 제 모습을 잃어버렸을지도 모른다. 에이즈 같은 것에 걸렸을 수도 있고 혹은 그사이에 남자가 되었을 수도 있으며 아프리카로 이민을 갔을 수도 있고 그녀의 꿈대로 파리에서 패션 디자이너로 활동하고 있는지도 모른다. 심지어 세계적십자 단원이 되어 아프가니스탄 같은 곳에서 난민구호활동을 할 수도 있는 세월이 지나갔다. 그렇지만 어쨌거나 그녀도 서른 살이 되었을 거라고 믿는다. 서른 살이 되는 건 생각보다 어렵지 않고 대단하지도 않기 때문이다. 그리고 일단 서른 살이 되면 스무 살 때의 일은, 어린 시절 집 밖에서의 놀이 같은 것이 된다.

"스무 살이 인생이 되게 하지는 말아라. 스무 살은 스무 살일 뿐이야. 삶으로 끌고 가지는 마."

그것은 좋은 충고였다. 하지만 그때는 충고를 받아들이는 나이가 아니다. 돌아보면, 우리의 삶을 이끌어가는 것은 어느 자리에 박은 표석이나 어느 공중에 휘날리는 깃발처럼 단단한 목표나 구체적인 꿈이 아니라, 몇 개의 단어와 단어들이 거느린 흐릿한 이미지들, 단어들 사이의 그리움인 것 같다.

예를 들면 극광, 방랑, 사막, 자유, 실존주의, 여성적, 야누스, 왼손잡이, 검은 사탕, 방, 차라투스트라, 구름다리, 비, 권태…… 소통, 아웃사이드, 절정, 고독, 모서리, 그리고 제로 같은 단어들……

그것은 이상이나 목표보다 강해서, 지속적인 주문이고 암시이며 우리 생의 무의식적 의도인 것이다. 마치 아침부터 머릿속을 맴돌기 시작해 잠들기 전까지 떠나지 않는 한 소절의 가사처럼. 예컨대 우리 생의 긴긴 노래는 선명한 색상의 꿈을 꾸고 깨어난 스물한두 살의 어느 아침에 갑자기 시작되는 것이다.

| 해설 |

감각의 여행

백지연(문학평론가)

전경린의 소설 속에서 여성들은 나이를 거슬러올라가는 시간 여행에 침잠하기를 즐긴다. 소설 속의 소녀들은 어느새 성숙한 중년이 되어 있고 나이를 먹은 이들은 다시 소녀의 기억으로 스스로를 되돌려보낸다. 여성은 순간마다 자신의 나이를 망각하며 빠르게 늙어가거나 혹은 반대로 어려지고 있다. 딸은 어머니가 겪는 삶의 고통을 조숙하게 이해하며 어머니는 딸을 자신의 친구로 들여다본다. 순결한 처녀의 꿈은 일찌감치 늙어버린 중년 여성의 회상과 같은 공간에 존재한다. 이들의 내면 속에서 시간은 돌발적이고 순간적인 것으로 놓여 있다. 주인공들은 고정된 형식에 자신을 맡기지 않고 탈주의 여행을 끊임없이 계획한다. 불안정한 여로 속으로 자아를 내던진다는 점에서 이들은 자신과의 만남을 그 누구보다도 정직하게 수행하고 있는 셈이다.

집과 가족에서 벗어나 먼길을 떠나는 과정은 전경린의 소설에서 자주 변주되는 스토리이다. 여성들이 무의미하고 권태로운 부부관계를 포기하고 스스로의 모험을 시작하는 과정을 비롯하여 전경린의 소설에는 자신을 둘러싼 가족관계로부터 떨어져나오는 여성의 모습이 자주 등장한다. 그의 작품의 상당수는 삶의 모순과 환멸을 체험해가는 성장의 형식을 함유하고 있다. 특이한 것은 이 성장의 여정이 일반적인 각성의 과정과 달리 주인공의 내면을 끊임없이 불안과 혼돈으로 몰아넣는다는 점이다. 길고 고된 여행 후에 주인공들이 깨닫는 것은 안정된 삶의 진실이 아니라 위태로운 고립으로 향해가는 자신의 운명이다. 사랑의 테마를 다룬 전경린의 소설들이 때때로 격정 그 자체의 의미를 탐구하는 데 빠져드는 것도 이 때문이다. 소설 속의 그녀들에게 사랑은 현실의 삶으로 존재한다기보다 자아의 내면에 저장된 열정을 끄집어내는 계기로 존재한다. 바다 위에서 하염없이 표류하는 배처럼 그녀들은 집으로의 귀환을 거부한 채 끝을 모르는 영원한 시간 여행에 빠져든다.

소설 속의 여성들은 주인공의 표현대로 "집 알러지"를

지니고 있어서 평범한 하루하루를 지내는 일이, "자기 용량을 초과하는 역기를 들고 무의미하게 버티듯, 과도하고 잔인한 노력이 되는"(188쪽) 운명을 감당하고 있다. 『검은 설탕이 녹는 동안』에서도 여성 주인공은 가출을 통해 자신이 성인임을 증명한다. 주인공 우수련의 가출은 여성의 내면에 자리한 탈주의 욕망이 시작되는 지점을 직접적으로 보여준다. 스무 살을 맞은 여성의 꿈과 욕망을 세밀하게 들여다보는 이 작품에서 중요한 사건으로 자리잡고 있는 것은 주인공이 집과 가족으로부터 분리되는 과정이다. 우수련이 집을 뛰쳐나오는 과정은 이후의 그녀의 삶이 결코 안정될 수 없음을 암시한다. 그녀의 삶에서 스무 살의 경험은 이후의 삶을 알게 모르게 지배하는 강렬한 체험이 된다.

자유로운 기질과 탈주의 욕망을 지닌 스무 살의 우수련은 이전의 전경린 소설에서 자주 등장하는 여성의 모습을 보여준다. 가족들 사이에 존재하는 불안과 균열의 징후 역시 이전의 단편들에서 자주 묘사되었다. 한 예로 「안마당이 있는 가겟집 풍경」에서 맏딸인 소녀가 아버지의 불륜을 목격하는 모티프는 이 소설에도 삽화처럼 끼워져 있다. 전통적인 가족관계 속에서 어머니는 늘 아버지로부터 소외되어 생활고를 담당해야 하는 존재이다. 딸은 그러한 어머니를 연민하고 동정하지만 그렇다고 해서 아버지를 끔찍하게 증오하거나 저주하지도 않는다. 그녀는 이미 어른이 되어 아버지의 모습을 들여다보고 있는 것이다. 때로 그녀는 「밤의 나선형 계단」에서 보여주는 것처럼 어머니의 탈주를 상상하고 모방한다. 집이라는 공간이 더이상 아늑하지도, 평화롭지도 않기 때문에 각각의 가족구성원들은 저마다의 이탈을 꿈꿀 수 밖에 없다.

이 소설에서 주인공 우수련은 어머니와 할머니의 존재를 통해 자신이 더이상 집에 머무를 수 없음을 직감한다. 실제로 그녀를 집 밖으로 내모는 것은 할머니의 투병과정이다. 생활을 건사해왔던 할머니가 병에 걸리고 아버지가 직업을 구하지 못하는 시간이 길어지면서 집안은 빠른 속도로 황폐해진다. 전경린의 다른 소설과 마찬가지로 이 소설에서도 아버지는 낯설고 생경한 존재로 묘사된다. 그는 어려운 가정환경에 대해 무책임하며 오히려 딸로부터 연민과 경멸을 받는 대상이다. "이해할 수 없는 감정을 억누르듯, 나의 존재 전체를 가두려"(52쪽) 하는 아버지에 대해 수련은 반발감을 느낀다. 수련이 어머니에 대해 느끼는 감정도 복합적이다. 아버지를 대신해서 할머니를 수발하고 생계를 건사하는 어머니의 모습은 딸로 하여금 고통을 느끼게 한다. 어머니가 더이상 자기만을 보살펴줄 수 있는 안전한 보호대가 될 수 없음을 깨달은 수련은 가출의 당위성을 확신한다. 그녀는 "깊은 밤중에 깨어 다락방에 누워 있으면, 어느 순간 부들부들 몸이 떨릴 지경으로 외로움이 사무치고 엄마가 그리웠"(30쪽)지만 그 품으로부터 벗어나지 않으면 더이상 자랄 수 없음을 직감한 것이다. 어머니 역시 딸의 심정을 알아챈 듯 암묵적인 동의 속에 가출을 부추긴다. 어머니 역시 자신이 뛰쳐나가고 싶은 욕구를 딸을 통해 분출하고 있는 것이다.

우수련의 내면에 들어 있는 스무 살의 기억을 건져내기 위해 작가는 내면에 떠오르는 순간적인 감각의 세계를 동원한다. 그러한 의미에서 이 소설에서 선형적으로 전개되는 인과의 서사는 짜임새 있다고 보기 힘들다. 소설의 배경으로 묘사된 "농촌활동과 함께 시작된 대학 내 문화운동 바람"은 모호하고 추상적이며 운동권 학생인 성재의 고뇌도 희미하게 스케치된다. 수련이 집을 나와서 연극무대에 참여하고 김해경과 위악적인 사랑의 행위를 벌이는 과정이나, 오랜 시간이 지난 후 그와 재회하는 과정은 이야기의 뼈대로 볼 때 엉성하고 상투적인 것이 된다. 이러한 구체적 서사의 허술함을 보완해주는 것이 인물의 내면에 떠오르는 감각의 세밀함이다. 이 소설에서 느껴지는 기억의 절실함은 수련의 내면에 각인된 생생한 감각들로 힘을 얻는다. 냄새와 소리, 촉감은 그녀의 기억을 실물로 느끼게 하는 매개체의 역할을 한다.

수련이 집을 뛰쳐나오게 된 이유 중의 하나는 '할머니의 냄새' 때문이었다. 어린 시절 수련은 할머니의 '시큰한 살비듬 냄새'에 익숙해 있었다. 수련은 동전을 삼키고 울다 지쳐 잠든 자기를 깨워 똥을 누게 했던 할머니의 모습을 생생히 기억한다. 그녀에게 사람들은 "촉감이나 냄새, 음성과 땀의 맛과 본능"으로 남아 있다. 어머니의 내음 역시 "뭉클한 살의 떨림, 살냄새와 뒤섞인 행주와 김치와 된장 냄새"로 기억된다. 친근한 살냄새를 풍겼던 할머니는 죽음을 앞두면서 고약한 냄새를 피우기 시작한다. 할머니를 간호하느라 지친 어머니도 "냄새나는 입을 대고 마구 비명을 질러대"며 수련을 괴롭힌다. "냄새는 안개처럼 가족들 사이를 가르고 서로를 제대로 볼 수 없게, 느낄 수 없게 만들었다. 가족들은 저마다 외롭고 서글프고 고단했다"(29쪽)라는 수련의 고백에서 느껴지듯이 할머니와 어머니에게 풍기는 악취는 가족이 당면한 불안한 삶을 상징한다. 스무 살의 소녀는 자신의 앞에 펼쳐질 생을 위해 이 악취와 단호하게 결별한다. 악취와 결별한 수련은 '꽹과리 소리'를 기점으로 바깥세상으로 나아간다.

수련이 지긋지긋한 가족들로부터 분리되어 바깥세계와 접촉하는 과정은 풍물패의 활기차고 시끄러운 꽹과리 소리를 통해 암시된다. 대학 내 문화운동 그룹에 참여하고 있는 수련의 친구 성재는 수련을 연극 연출가인 김해경에게 소개해준다. 수련은 김해경의 연극에 배우로 참여하기로 마음먹으며 그로 인해 쉽게 자기만의 방을 얻는다. 수련이 집을 나와 자기만의 방을 찾고 그 방에서 탈주하여 다시 먼길로 여행을 떠나게 되는 일련의 과정은 그녀가 세상을 알아가는 여정이기도 하다. 집-방-길로 이어지는 고된 여정 속에서 성장은 늘 유예되고 지연되는 형식으로 놓여 있다. 그녀는 집을 떠나 자신만의 공간을 찾아 떠돌아다니지만 오랜 시간이 흐른 후에 발견하는 것은 지치고 나이 든 스스로의 모습뿐이다.

소설 속에서 수련의 영혼과 닮은꼴을 하고 있는 또하나의 인물은 바로 연극 연출가인 김해경이다. 해경은 수련이 자신의 방을 찾는 데 도움을 준다. 허위적인 결혼관계에 묶여 있던 그는 수련을 통해 영혼의 자유를 잠시나마 맛본다. 해경과 수련의 관계는 '새냄새'로 묘사된다. "극장 안의 페인트 냄새와 본드 냄새와 나무 냄새, 눅눅한 풀냄새와 종이 냄새, 그리고 시장으로부터 들어오는 온갖퀴퀴한 냄새의 종합선물세트…… 냄새들은 차차 단 하나의 냄새로 남겨졌는데, 그것은 젖은 새냄새였다. 뜨거운 물에 닭을 넣고 깃털을 뜯을 때 나던 비린내 같기도 했다. 나는 자주 숨을 멈추곤 했다. 깃털 속까지 파고든 빗물과 젖은 새의 더운 몸과 야생적인 눈동자와 부리와 숨소리가 상기되었다"(46쪽)라는 대목에서 나타나듯이 젖은 새의 내음은 김해경과 우수련의 불온한 만남을 암시하는 감각적 매개체가 되고 있다. 수련은 자신의 남자친구인 성재에게서 성숙한 사랑을 찾지 못한 채 해경과의 충동적인 관계에 이끌려들어간다.

김해경과 우수련의 인연은 그들이 똑같이 '방'을 갈망하고 있다는 데서 비롯된다. "난 해변가의 창녀촌에서 태어났어." "그곳에서 성장했고…… 엄만 내가 어렸을 땐 창녀였어. 내가 조금 자랐을 땐 포주 노릇도 했었지. 십대 초반부였는데, 그때까지도 엄마와 한 방을 썼어…… 그 시절 내 소원이 뭐였겠어?"(56~57쪽)라고 해경은 고백한다. '이곳이 아닌 다른 곳에 나만의 방을 갖고 싶다'는 그의 욕망은 수련과의 아슬아슬한 관계를 이끌어간다. 전문대 교수인 아내, 사채업자인 장모로부터 정신적인 스트레스를 받는 해경은 묘한 표정을 가진 수련에게 매혹된다. 그는 수련에 대한 호감을 다음과 같이 표시한다. "불균형하면서도 순수하고 무표정한데 이상하게 강해. 금속적이고 연약하고 무구하기도 해. 풀리지 않는 퀴즈 문제처럼 궁금증을 불러일으키면서도 묘하게 친근감이 느껴지는 거야. 물론 난 아직 너를 표면적으로만 파악할 수 있지만……"(60쪽)이라는 해경의 고백에서 감지되듯이 이들은 영혼의 동질성으로 인해 서로에게 이끌린다.

해경과 수련의 사이에 놓여 있는 감정은 운명적이고 불가해한 것으로 묘사되지만, 함께 연극을 준비하던 동료들의 치기 어린 계획에 의해 그들은 본격적으로 진전되지 못한 채 운명의 장난에 휩쓸려든다. 하룻밤을 지낸 이들의 모습을 해경의 부인이 목격하면서 이들은 각자의 가정으로 귀환한다. 수련이 잠시 경험한 일탈의 풍경 안에는 가정을 떠나 방황하는 아버지의 모습도 들어 있다. 길거리에서 아버지의 불륜을 목격한 수련은 아버지가 태연하게 가정으로 돌아오는 모습을 받아들인다. 딸과 아버지가 "택시 유리창을 통해 주고받은 비밀협상"은 할머니의 죽음을 기점으로 완벽해진 것이다. 할머니의 죽음으로 인해 가정은 평안을 찾고 정상적으로 운영되기 시작하였다.

스무 살이라는 나이가 각인시키는 상처와 아픔은 수련의 이후의 삶에 지속적으로 영향을 미친다. "스무 살이 인생이 되게 하지는 말아라. 스무 살은 스무 살일 뿐이야. 삶으로 끌고 가지는 마”(168쪽)라는 해경의 주문은 공허한 울림이 되고 말았다. 오랜 시간이 지난 후 해경을 만난 수련은 자신들의 욕망과 열정이 얼마나 공허하고 허위적인 것이었는가를 되새기지만 그것은 부질없는 행위이다. 임신한 아내로부터 이혼을 당했고 진보정당의 국회의원 후보로 나섰다가 결국은 산으로 들어가 명상수련가가 되어 나타난 해경은 아들을 키우며 홀로 사는 성재의 소식을 수련에게 전해준다. 여전히 가정에는 안주하지 못한 채 여행사 T.C. 일을 하며 살아가는 수련은 자신이 길 위에 서성거릴 수밖에 없는 여행자임을 자각한다. “유원지의 맑고 한적한 길과 대형 트럭과 버스들이 달리는, 플라타너스 가로수의 잎사귀가 공해에 검게 찌든 간선도로들, 좁고 긴 시장길들, 오르막인 도시 언덕길, 길고 좁다란 골목길들, 변두리 어촌에서 바다로 가는 쇠똥이 퍼져 있는 뙤약볕 아래의 누런 흙길, 조개껍질들이 하얗게 띠를 두른 해변 모래길, 철길을 따라 나 있는 도시의 뒷길이나 높은 축대 위의 길, 화장터에 이르는 무덤 사이의 길, 계곡과 하천을 따라가는 길들과 시외버스에서 내려 무턱대고 걷게 되는 낯선 소읍의 단층 상점거리들……”(73쪽)에 대한 매혹은 그녀를 끝없는 여행의 길로 내몰고 있다.

소설 속의 우수련이 걸어온 길은 스무 살의 기억이 가슴

속에 낙인으로 새겨져 그 이후의 삶에 영향을 미치는 과정을 고스란히 증명한다. 그렇게 본다면 성장은 사회의 적응과정이 아니라 오히려 사회로부터 멀어지고 상처받는 과정인지도 모른다. 젊음은 꿈결같이 행복했던 시간이 아니라 상처를 뒤집어볼까봐 두려운 시절로 존재한다. 열정이 사라진 황폐한 일상이야말로 삶의 가장 본질적인 것이라는 사실을 깨닫게 해주는 과정이 바로 성장이다. 수련에게도 '스무 살'은 꿈에 부푼 젊은 날이 아니라 처음으로 환멸과 방황을 맛본 시간을 의미한다. 그것은 안정된 길로 접어드는 통과의례의 나이가 아니라 앞으로의 기나긴 삶에 처음으로 상처를 새겨 넣게 되는 나이다. 고단한 여행이 시작된 그 순결한 지점을 더듬는 수련의 시간 여행은 스무 살의 시절이 겪는 내면의 방황을 힘겹게 보여주고 있는 것이다.

작가의 말

"전부를 줄게. 전부를. 너도 나에게 전부를 다오."

요즘 내 몸에서 늘 그런 소리가 울린다. 창가에 서서 이르게 물든 아카시아 잎이 방울방울 떨어지는 숲을 바라볼 때도, 흐르는 계곡물에 시선을 떨구고 있을 때도, 달력을 넘길 때도, 전화벨이 울릴 때도, 시계를 볼 때도, 텔레비전 채널을 바꾸는 짧은 순간에도, 이제 막 꽃을 피운 화분을 볼 때도, 혼자 먹을 밥을 준비할 때도, 잠이 들어갈 때도……

전부는 소통의 욕망일까…… 이 세계와 나, 타자와 나의 소통이 가능하다고 생각하면 오히려 고독해지고, 원천적으로 봉쇄되어 있다고 생각하면 차라리 담담해진다. 전부를 줄게. 전부를…… 그건 내가 나를 향해 문을 두드리는 노크 소리 같다. 세계 내의 질서 속에서는 소통이 불가능하다. 전부란 초월의 요구일까⋯⋯ 가치와, 관념과, 감정의 고집이 박혀 있는 못을 풀어버릴 것, '전부'로서 생에 응할 것⋯⋯

언젠가 청소년을 상담하는 카운슬러를 만난 적이 있었다. 청소년이 내상이든 외상이든 깊은 상처를 입었을 때, 어떻게 충고하느냐고 물었다.

"가장 중요한 건, 그애가 겪은 일이 누구나 겪을 수 있는 일이고, 누구나 그런 경험을 가지고 자라서 어른이 되고 삶을 살아가는 거라고 안심시키는 일이에요. 문제를 보편화시킨 뒤에, 어떤 일이 일어났건 너 자신보다 더 중요한 것은 아무것도 없다고 말하죠. 자신을 포기하지 않으면 결국은 자신을 딛고 일어서니까요. 그래서 전 나쁜 일도, 상처도, 원하지 않았던 일도 좋은 일과 마찬가지로 모두 지나가게 될 경험이라고 생각하게 합니다. 청소년기에는 얼마든지 기회가 있다는 것을 스스로 인식하는 게 가장 중요하죠. 그애들은 사실 몇 번이고 재생할 수 있으니까요."

나는 그 말에 무척 동의했었다. 그러자 하나의 문장이 떠올랐다. 스무 살을 삶으로 끌고 가지는 마라⋯⋯

얼마 뒤에 나는 이 문장 하나를 표상으로 삼고 오래 전부터 써보고 싶었지만 눈길을 끌기는 어려울 밋밋한 소설을 쓰기 시작했다. 그런데 다 쓰고 보니 스무 살을 삶으로 끌고

간 사람들의 이야기가 되어버렸다. 끝을 고칠까 하는 고민도 해보았지만 그대로 두었다. 스무 살을 삶으로 끌고 간 고단한 성장에 그만한 값어치가 왜 없겠는가.

이 글이 말하고자 하는 것은, 첫경험을 할 때는 셀룰로이드 종이에 든 조그마한 그것을 반드시 사용하라는 메시지라 해도 충분할 것 같다. 스무 살 시절의 그 어떤 무거운 주제의식보다 더 직접적이고 현실적이며 심지어 운명에 간여할 수도 있으니까. 그 외의 메시지에 대해서도 간단히 말할 수 있다. 왜 사느냐고 묻기 전에 우리는 이미 내던져졌고, 어떻게 살 것인가 묻기 전에 우리는 이미 변경할 수 없는 인과를 살고 있다. 그리고 생의 대부분의 문제는 해결되는 것이 아니라 시간 속으로 사라지는 것…… 우린 불완전한 채로 생의 부름에 응답하며 가능한 충실하게 살아야 한다.

달 없는 날 자정에 부엌칼을 물고 거울을 보면 훗날 만나게 될 운명적인 얼굴 하나를 보게 된다고 한다. 돌아보면 스무 살 때란, 달 없는 날의 자정이 아닐까. 부엌칼을 물고 거울을 보든 보지 않든 그것은 자유이다. 하지만 검은 유리창같이 닫힌 그 나이에 열렬하게 존재를 밀어붙이다보면 어느 순간 운명적인 얼굴 하나를 언뜻 보게 될 것이다. 그것은 미래의 얼굴이다. 나는 스무 살에 지금의 나를 보았었다. 불행하면서도, 주변까지 불행하게 하면서도, 나 자신에게 충실할 수밖에 없는 고집은 그래서 생겼을 것이다.

나를 모르는 사람들은 나를 불안하고 연약하다고 하고, 조금 아는 사람은 나를 강하고 용감하다고 한다. 그리고 나와 함께하는 사람들은 나를 어처구니없도록 연약하고 이해할 수 없도록 강하다고 한다. 모두 사실일 것이다.

오랫동안 모든 것에 대해 지나치게 예민했었다. 이젠 삶에 대해 좀 덤덤해지고 싶다. 새로운 것과 사라지는 것 사이에서 잠시 머무는 것들…… 그것에 다정해지고 싶다. 민감하기보다는 사려 깊게, 좀더 특별하고도 편안하게…… 그래서 내면의 미소를 잃지 않는 균형감각과 타자의 가치에 휘둘리지 않는 해방된 힘을 갖고 싶다.

우기 내내 별 욕심 없이 소설의 마무리 작업을 하면서 처음으로 글쓰기가 즐겁다는 생각이 들었다. 그 동안 나를 지키느라 삶과 너무 다투면서 글을 써온 것 같다. 모두에게 미안한 일이다. 이젠 무엇보다 바로 이 삶을 위한 글을 쓰고 싶다. 나의 두 팔을 힘껏 뻗어.

2002년 가을 전경린

전경린

1995년 동아일보 신춘문예에 중편 「사막의 달」이 당선되어 작품활동을 시작했다. 1996년 단편 「염소를 모는 여자」로 한국일보문학상, 1997년 장편 『아무 곳에도 없는 남자』로 문학동네소설상, 1998년 단편 「메리고라운드 서커스 여인」으로 21세기문학상, 2004년 단편 「여름 휴가」로 대한민국소설문학상, 2007년 단편 「천사는 여기 머문다 2」로 이상문학상, 2011년 단편 「강변마을」로 현대문학상, 단편 「붓꽃」으로 현진건문학상을 수상했다. 소설집 『염소를 모는 여자』 『물의 정거장』 『바닷가 마지막 집』 『천사는 여기 머문다』, 장편소설 『아무 곳에도 없는 남자』 『내 생에 꼭 하루뿐일 특별한 날』 『열정의 습관』 『황진이』 『유리로 만든 배』 『언젠가 내가 돌아오면』 『엄마의 집』 『풀밭 위의 식사』 『최소한의 사랑』 『해변빌라』 『이마를 비추는, 발목을 물들이는』 『이중 연인』, 산문집 『그리고 삶은 나의 것이 되었다』 『나비』 『붉은 리본』 『사교성 없는 소립자들』, 어른을 위한 동화 『여자는 어디에서 오는가』가 있다.

검은 설탕이 녹는 동안

1판 1쇄 | 2002년 10월 15일
1판 16쇄 | 2020년 9월 11일

지은이 전경린
펴낸이 염현숙
책임편집 김현정 조연주 장한맘
마케팅 정민호 박보람 우상욱 안남영 | 홍보 김희숙 김상만 지문희 김현지
제작 강신은 김동욱 임현식 | 제작처 한영문화사(인쇄) 경일제책(제본)

펴낸곳 (주)문학동네
출판등록 1993년 10월 22일 제406-2003-000045호
주소 10881 경기도 파주시 회동길 210
전자우편 editor@munhak.com | 대표전화 031)955-8888 | 팩스 031)955-8855
문의전화 031) 955-8890(마케팅) 031) 955-8864(편집)
문학동네카페 http://cafe.naver.com/mhdn

ISBN 89-8281-571-6 03810

* 이 도서의 국립중앙도서관 출판예정도서목록(CIP)은 서지정보유통지원시스템 홈페이지(http://seoji.nl.go.kr)와 국가자료종합목록 구축시스템(http://kolis-net.nl.go.kr)에서 이용하실 수 있습니다.(CIP제어번호: CIP2005000111)

잘못된 책은 구입하신 서점에서 교환해드립니다.
기타 교환 문의: 031) 955-2661, 3580

www.munhak.com